KB201380

기억의

저편

기억의

김 세 화
장편소설

저편

MONGSIL
BOOKS

"키마이라(Chimaira)는 신에게서 태어나고
인간에게서 태어나지 않았으며
앞쪽은 사자요 뒤쪽은 뱀이요 가운데는 염소였는데
입에서는 활활 타오르는
불길의 사나운 기운을 토하고 있었소."

일리아스, 제6권 180행

차례

프롤로그   9

Ⅰ. 자료 그림   15

Ⅱ. 중계차   59

Ⅲ. 사운드바이트   105

Ⅳ. 스트레이트   167

Ⅴ. 큐시트   207

Ⅵ. 스탠드업   263

에필로그   297
추천사   306
작가의 말   310

프롤로그

11월 18일, 맑음

중학생이 될 날도 몇 달 남지 않았다.
오늘은 사춘기에 대해 선생님이 한 시간 동안 설명하셨다.
미치는 줄 알았다.
졸리고 지루했다.
　책상 위에 얼굴을 묻고 싶었지만, 선생님이 내 이름을 부를까봐 억지로 참았다.
　졸고 있는 모습만으로도 내가 소영이가 아니라 인영이라는 사실을 알아차리실 테니까.
　소영이는 진지하게 선생님 말씀을 들었다.
　열정적이다.

나랑 모든 게 똑같이 생겼는데 어쩌면 그렇게 다를까?

왜 이런 결과가 나타난 걸까?

DNA가 다른 걸까?

남은 초등학교 생활을 건너뛰고 싶다.

다를 게 있을까?

소영이와는 다른 중학교에 배정받으면 좋겠다.

선생님도, 친구들도 우리 둘을 비교하겠지.

아니, 무엇이 다른지 구별하려고 하겠지.

구별하다 보면 결국은 비교하게 되겠지.

소영이가 나보다 더 적극적이란 걸 알게 되겠지.

나와는 다른 게 많다는 걸 알게 되겠지.

몸이 약해도, 아니 몸이 약하지만 소영이는 호감이 간다고 생각하겠지.

나 혼자서 학교 가는 날이면 아이들은 생각하겠지.

착하고 다정한 소영이는 병원에 갔다고.

오늘은 인영이 혼자서 학교에 왔다고.

그럼 나는 미안해야 하는 걸까?

중학교 3년 동안 또 그렇게 살아야 되나?

동구도 가끔 나를 소영이로 착각한다.

가끔은 엄마, 아빠도 마찬가지다.

하지만 1분만 지나면 내가 소영이가 아닌 줄 알아차린다.

소영이는 대답도 빨리한다.

움직임도 빠르다.

그러니 조금만 보고 있으면 알아차릴 수밖에.

오직 할머니만이 나를 한눈에 알아보신다.

할머니처럼 모두가 나를 첫눈에 알아보면 좋겠다.

1분 동안이라도 소영이와 비교되는 게 싫다.

어제 소영이가 빌린 샤프를 동구에게 가져다 줄 때 소영이처럼 머리를 묶어봤다.

그랬더니 동구가 나를 소영이라고 불렀다.

사람도 못 알아보는 바보.

바보는 뭐가 뭔지 모르는 눈치였다.

한 시간 뒤에 또 갔다. 이번에는 머리를 풀고서.

샤프를 빌려달라고 했다.

뭔가 복잡해 보이는 그런 표정이랄까.

그래도 바보는 여전히 나를 소영이라고 불렀다.

사람도 못 알아봐?

너한테는 소영이가 기준이지?

차라리 동구가 소영이와 같은 중학교에 가든가.

나는 조금 더 걸어가도 되니까.

내일도 동구는 산에 가자고 한다.
제일 으스스한 곳으로 가보자고 했다.
동구는 우리를 놀라게 하겠지.
앞서 가다가 우리를 보고 갑자기 돌아서서 귀신 표정으로
늑대 소리를 내겠지.
소영이는 꺅 소리치며 벌벌 떨겠지.
동구는 또 그걸 보고 좋아하겠지.
나도 놀래야 하나?
지루하다, 똥구.
그런데 나는 산에 왜 가지?
어린애도 아닌데.
학교도 안 가는 날에 놀러 갈 곳이 고작 동네 뒷산이라
니….

I. 자료 그림

촬영한 영상을 다시 사용하기 위해서 보관
오늘 촬영한 영상인 것처럼 속이는 경우도 있다

1

　속이 울렁거렸다. 방금 올라왔던 산길을 따라 서둘러 뛰어
내려갔다. 밀려오는 구토를 참을 수가 없었다. 숲속으로 들어
갔다. 모든 것을 다 쏟아냈다. 끈적끈적한 한 덩이의 송진을
나무에서 긁어 떼어내듯 목을 타고 넘어오는 쓰디쓴 위산을
입 밖으로 뱉어내고 또 뱉어냈다. 하늘을 향해 머리를 들고
천천히 숨을 내쉬었다. 나뭇가지 사이로 보이는 하늘이 노랗
다. 유골 발굴 현장을 부지런히 오가는 과학수사대원들의 다
급한 목소리가 산길 쪽에서 들렸다.

　그 소나무였다.

　그 소나무 아래 아이들이 흙 밖으로 드러나 있었다. 아무

렇게 버려지고 묻혀 있던 길고 가느다란 철근 조각들이 깎이고 쓸려간 흙더미 사이에서 빈사 상태의 앙상한 자기 모습을 드러내듯이 아이들은 팔과 다리를 들어 자기 존재를 알렸다. 한 아이의 광대뼈도 반쯤 묻힌 채 흙빛을 드러내 보였다.

방금 목격한 장면을 이해할 수가 없었다. 내 머릿속에는 조각난 기억들이 제대로 배열되지 않은 상태로 뒤엉켜 마치 정지된 화면처럼 멈춰 있었다.

아닌가?

뒤엉킨 것이 아니라 기억하고 싶은 파편들만 이어 붙인 것인가?

멈춰진 것은 기억만이 아니었다. 나의 몸도 새로 부팅될 때까지 작동되지 않는 컴퓨터처럼 손가락 하나도 움직일 수가 없었다.

빗방울이 떨어지기 시작했다. 늦가을 비다. 정신이 돌아왔다. 현장을 자세히 보고 싶었다. 나는 숲에서 나와 유골이 발견된 현장으로 다시 올라갔다.

산길은 매우 좁았다. 처음 올라갈 때는 정신이 없어서 몰랐지만, 다시 가보니 기억에 없는 길이었다. 동네 주민에 의해서 새로 만들어진 좁은 등산로 같았다. 뛰어 내려오는 경찰과 마주치면 주변의 나뭇가지를 붙들고 쓰러지듯 몸을 피한 채 길을 내주어야 했다.

그 소나무는 10년 전보다 훨씬 더 굵어졌다. 그래도 분명 그 소나무였다. 4미터 정도의 높이에서 가지를 세 갈래로 길게 펼치고 거기서 2미터 정도 더 올라간 높이에서 수많은 가지를 사방으로 무성하게 펼친, 그리고 나무 의자 같은 길쭉한 바위를 곁에 두고 있는 바로 그 소나무였다.

소나무 옆에는 마름모꼴 형태의, 아래쪽으로 점점 넓어지는, 깊게 팬 큰 웅덩이가 있었다. 큰비가 오면 산 위쪽에서 흘러내려 온 물이 이 웅덩이에 모여 작은 소용돌이를 일으킨 뒤 다시 아래쪽 냇물로 흘러내려 갔다. 웅덩이에는 지금은 흙이 메워져 10년 전보다는 작은 규모로 축소되어 있었다. 아이들 유골은 웅덩이였던 바로 그곳 한가운데 묻혀 있었다.

북쪽 일대를 수색하다가 힘이 들면 형사과장과 나는 북쪽 숲 중앙 부분에 위치한 그 소나무 옆 바위에 앉아 땀을 식히곤 했다. 그리곤 산 정상 넘어 남쪽, 아이들이 살던 용무산마을을 지나 경찰서로 되돌아갔다. 어떤 때는 나 혼자서 북쪽 산길로 내려가기도 했다.

내가 실종된 아이들을 찾기 위해 혼자서 이 산을 수색하겠다고 나섰을 때 형사과장이 나를 따라왔다. 왜 경찰이 기자를 따라오느냐고 비아냥거리기도 했지만, 형사과장은 너무 답답해서 바람이라도 쐬고 싶다며 나를 따라왔고 그 후 틈이 날 때마다 나는 그와 함께 용무산을 수색했다.

10년이 지났지만, 이 기억은 틀림없다.

노란색 출입금지 띠가 유골이 발견된 장소를 가운데 두고 긴 곳은 직경 30미터 정도의 타원형을 그리며 현장을 둘러싸고 있었다. 흙 밖으로 드러난 유골에는 피부 조직이 붙어 있지 않았다. 흙 속에 반쯤 묻힌 옷도 보였다. 운동화 한 개도 드러나 있었다.

아이들은 실종 당일 체육복을 입고 나갔다. 흰색 윗도리에 파란색 바지였다. 쌍둥이 자매 가운데 한 아이는 그 위에 두툼한 검은색 재킷을 걸쳤다. 자매는 분홍색 운동화를, 남자아이는 흰색 농구화를 신고 있었다. 지금 발견된 옷과 신발은 모두 흙색이었다.

유골 발굴 지점에서 10미터 정도 떨어진 평평한 바닥에 흰색 비닐 천이 깔려 있었다. 그 위에는 유골과 함께 발견된 것으로 보이는 재킷 한 벌과 운동화 한 개, 어깨끈이 달린 가방이 놓여 있었다. 재킷의 소매는 묶여 있었다.

이 유품들은 카메라 기자들이 촬영할 수 있도록 경찰이 전시한 것처럼 보였다. 제법 굵어진 빗방울이 흰색 비닐 천 위에 흙 자국을 남기며 떨어졌다. 비를 맞는 아이들의 유품이 더욱 비참하고 초라하게 보였다.

출입금지 띠 안에는 어림잡아 서른 명의 형사들이 단서를 찾기 위해서 분주하게 움직이고 있었다. 동촌경찰서 김이삼 형사과장과 동촌경찰서장, 시경 차장까지 나와 서로 경쟁하듯이 소리치며 형사들에게 무엇인가를 지시했다. 카메라 기자들이 없었다면 조용히 상황을 지켜볼 사람들이었다.

현장에서는 과학수사대 형사 여러 명이 바닥에 웅크린 채, 마치 고대 유물을 발굴하듯이 붓으로 흙을 쓸어 내며 아이들 뼈를 수습하고 있었다. 시경 과학수사대장이 그들을 지휘했다.

과학수사대장 옆에서는 서채민 교수가 형사들과 의견을 주고받고 있었다. 서채민 교수는 K대 의과대학 법의학 교수다. 과학수사대 형사들의 현장 감식 작업을 바라보는 그의 표정은 어두웠다. 그는 나와 눈이 마주쳤을 때 미소 지었다. 김이삼 과장도 나를 발견했다. 그는 손을 흔들면서 나를 보고 활짝 웃었다. 나도 손을 들어 응수했다.

나는 혹시 정인철 전 형사과장도 이 현장에 오지 않았을까 둘러보았다. 그의 모습은 눈에 띄지 않았다.

출입금지 띠 바깥 지역, 경사면 위쪽에는 노인과 중년 부부가 쪼그려 앉아 아래쪽에서 작업하는 형사들을 내려다보고 있었다. 쌍둥이 자매의 할머니와 남자아이의 부모였다.

그들은 표정이 없었다. 지난 10년 동안 인간이 가질 수 있는 모든 감정을 다 드러내 고갈시킨 사람의 얼굴, 바로 그런 얼굴의 화석 같았다. 아이들 유골에 한 조각의 피부도 붙어 있지 않듯이 비틀어진 나뭇가지와도 같은 그들 마음속에도 단 한 조각의 감정조차 남아 있지 않을 것이다.

5년 전에도 나는 그들의 그런 표정을 보았고 그 모습은 내 기억 속에 강렬하게 각인되었다.

할머니가 고개를 들었다. 깊게 팬 눈꺼풀 위로 흘러내리는 빗방울이 보였다. 나는 할머니와 눈을 마주칠까 봐 시선을 아래로 내렸다. 가족은 나를 알아볼 것이다. 하지만 나를 보아도 무감각할 것이다.

어림잡아 백 명이 넘는 기자들이 취재 경쟁을 벌였다. 시경 차장이 출입금지 구역 안에 서서 밖에 있는 기자들과 인터뷰를 하려고 했다. 기자들이 시경 차장에게 몰리면서 자리다툼이 벌어졌다. 시경 차장을 가로막지 말라는 외침, 질서를 지키라는 고함이 여기저기서 나왔다.

사회부 막내 기자인 민수가 카메라 기자인 오승훈과 함께 밀림을 헤치듯 기자들 사이에서 허우적댔지만 한 걸음도 전진하지 못했다. 지금 이곳에 있는 경찰과 기자들은 그때는 없었다. 세 어린이들의 가족과 나, 정인철 전 형사과장만이 그때를 기억할 것이다. 나는 시경 차장이 인터뷰하는 모습을 뒤로하고 용무산을 내려왔다.

2

"들었지?"

사회부장이 자리에 앉는 나를 보며 한 마디 툭 날렸다. 그는 동그란 안경을 낀, 멀리서 봐도 눈에 확 뜨이는 가분수의 머리를 가졌다. 얼굴과는 다르게 아기 목소리를 냈다.

"대화방에서 봤어요."

"김 기자가 담당했었지?"

"10년 전 동촌경찰서 출입할 때 발생한 사건이죠."

"지금도 출입하잖아."

"…."

"맞아. 그때 말이야, 실종된 애들 제대로 찾았으면 말이야, 지금 유골로 발견하지는 않았을 텐데 말이야. 온 세상 시끄럽게 해놓고 이제야 유골을 발견하는 게 말이 돼? 그것도 다른 나라, 다른 지역도 아니고 바로 코앞에서 말이야. 10년 동안 헛다리를 짚었어.”

나는 사회부장의 말이 거슬렸다. 경찰을 욕하는 것인지, 당시 취재기자였던 나를 비꼬는 것인지, 생략된 주어가 누구를 지칭하는지 몰랐지만, 그는 항상 누군가를 탓하는 문법을 사용했다. 그런 문법은 자신이 책임을 지지 않는 방식으로 연결된다.

나는 자리에서 일어났다.

“들어오자마자 퇴근해?”

“잠시 들를 곳이 있어서 먼저 나가보겠습니다.”

나는 노트북 가방을 들었다. 사회부장이 중얼거렸다.

“무뚝뚝하기는…. 바로 나갈 거면 뭐 하러 사무실에 들어온 거야? 기사 한 줄 안 쓰고 말이야, 큰 사건이 터졌는데 말이지.”

내가 보도국 문을 나설 때 사회부장이 큰 소리로 내 뒤통수에 대고 모든 기자가 다 들으라는 듯이 소리쳤다.

“김환 기자! 이 사건 시경에서 지휘할 테니까 우리도 시경 캡이 취재하는 게 맞을 거야. 민수도 거들 거고. 알았지? 그렇다고 완전 손 떼라는 건 아니야. 그리고 경위서는 내일까지 써내고. 경영국장님 요청이셔.”

나는 욕이 튀어나오는 것을 억누르고 보도국 문을 나섰다.

24

문을 나서자 더 큰 적을 만났다. 경영국장이 보도국 쪽으로 걸어오고 있었다.

경영국장은 아나운서 출신으로 모두가 '마녀'라고 불렀다. 나를 본 마녀는 생쥐 한 마리를 발견한 고양이처럼 눈썹을 치켜세우며 빠른 걸음으로 다가왔다.

"김환! 회사로 귀환했네. 너! 경위서 어떻게 됐어. 내가 오늘까지 제출하라고 했어, 안 했어, 엉?"

나에게 돌진하는 마녀를 피하는 데는 성공했지만, 나도 모르게 입에서 거친 말이 튀어나왔다.

"에잇, 젠장!"

그걸 들은 마녀는 앙칼진 목소리에 정확한 발음으로 나에게 원색적인 욕을 해댔다.

"이런 개새이! 너 내일 아침까지 경위서 안 가져오면 감찰팀이 와서 끌고 갈 줄 알아, 엉?"

운전석에 앉아 눈을 감았다.

세 아이들의 유골이 발견됐다는 민수의 정보 보고를 사건팀 대화방에서 읽었을 때 모든 신경이 얼어붙는 것 같았다. 유골이 발견된 장소가 용무산마을에서 멀지 않다는 사실에 더 놀랐다.

핸드폰을 운전대 옆 거치대에 걸고 동영상 사이트를 열었다. 시경 차장의 인터뷰 내용이 리얼 뉴스로 올라와 있었다. 디지털미디어부 기자들이 오승훈 기자가 촬영해 보낸 인터뷰를 편집하지 않고 그대로 올린 것이다.

볼륨을 높였다. 시경 차장은 상기된 목소리로 설명했다. 기자들의 질문은 두서가 없었다.

"동촌구 용무산동 용무산마을에서 실종된 세 어린이로 추정하고 있습니다. 확실한 건 국과수 감식 결과가 나와야 알 수 있습니다."

"유골들이 실종된 세 어린이라고 추정하는 근거는 뭡니까?"

"우선 두개골 세 점이 발견됐고요, 옷도 아이들 것으로 보입니다. 자세한 것은 국과수 감식 결과가 나와야 합니다."

"발견된 유골 종류와 유품을 말씀해 주세요."

"두개골과 두개골 파편, 아이들 뼈, 옷가지, 이런 것들인데 자세한 것은 나중에 브리핑하겠습니다."

"사인은 뭐라고 보십니까?"

"국과수 조사 결과가 나와야겠지만, 행불자들이 여기 용무산에서 길을 잃고 점심과 저녁을 굶은 상태에서 다니다가, 그러니까 길을 잃고, 밥도 못 먹고 헤매던 중 지친 상태에서 배고픔과 추위에 떨면서 쪼그린 채 모여 앉아 있다가 저체온

현상으로 사망한 것으로 추정합니다만, 정확한 사인은 국과수 감식 결과가 나와야 판단할 수 있을 것 같습니다."

"행방불명된 것이 11월 중순인데 저체온으로 사망할 수 있습니까?"

"그날 최저 기온이 3도였습니다. 오후부터 비가 내렸습니다. 6밀리미터가 왔죠. 길을 잃고 온종일 헤맸습니다. 휴일이기 때문에 학교에 가지 않았고 세 어린이가 아침 9시쯤 만나서 놀러 간다면서 산에 올라갔으니까 점심, 저녁도 못 먹었을 거고요. 아이들이기 때문에 밤새 추위에 떨면 저체온으로 사망할 수 있습니다. 하지만 국과수 감식 결과가 나와야…."

"어떻게 발견됐습니까?"

"등산객이 발견했습니다. 등산객이 저 큰 소나무 옆 바위에 앉아 쉬고 있다가 우연히 뼈를 발견했습니다. 넓적한 큰 돌이 놓여 있었고 돌 밑에 나뭇가지 같은 뭔가가 흙 밖으로 톡 튀어나와 있었다고 합니다. 최초 발견자가 혹시나 해서 또 다른 등산객에게 도움을 청했고 두 분이 큰 돌을 옮기고 낙엽을 치운 뒤 지팡이로 흙을 조금 파보다가, 실종된 용무산마을 세 어린이가 아닌가, 이렇게 판단하시고 경찰에 신고하셨습니다."

"발견 시간은 어떻게 됩니까?"

"오늘 오전 11시입니다."

"발견자는 이 길로 처음 왔습니까? 전에는 못 봤습니까?"

"아닙니다. 자주 이 길로 등산하신답니다. 얼마 전에 태풍이 한 번 오지 않았습니까? 그때 여기 있던 흙과 낙엽이 폭우에 쓸려 내려간 거 같습니다."

"발견자 신원은 어떻게 됩니까?"

"말씀드릴 수 없습니다."

"포상금은 지급합니까?"

"나중에 말씀드리겠습니다."

"앞으로 수사는 어떻게 할 겁니까?"

"자, 오늘은 여기까지 하겠습니다."

시경 차장은 기자들 질문에 손사래를 치며 인터뷰를 그만하겠다고 했다. 그 옆에 배석했던 김이삼 형사과장이 기자들에게 큰 소리로 말했다.

"차장님께서 오늘 정말 많이 말씀하신 겁니다. 이런 일이 없습니다. 아마도 시경 차원에서 특별수사본부가 차려지지 않겠습니까? 오늘은 이만하시고 수사본부가 차려지면 자세하게 브리핑할 겁니다."

"지금 말씀하신 분은 누구세요?"

"아 예, 저는 동촌경찰서 형사과장 김이삼입니다. 앞으로 잘 부탁드립니다."

　리얼 뉴스는 기자들의 추가 질문을 뒤로하고 자리를 떠나는 시경 차장의 뒷모습에서 끝났다. 조회 수는 계속 올라가고 있었다. 나는 오승훈 기자에게 전화했다.

　"선배, 아까 현장에 오신 거 맞죠? 언제 가셨어요? 보도국으로 들어오니까 방금 나가셨다고 하데요. 지금 어디 계세요?"

　"나를 찾았어?"

　"네, 그러잖아도 선배한테 전화하려고 했어요. 아무래도 어린이 실종 사건 관련 자료 그림을 찾아서 한곳에 모아야 할 것 같아서요."

　"나도 그것 때문에 전화했어. 자료 그림 찾아서 모아놓으라고."

　"하하, 그런데 그 그림들 어디 있는데요? 제가 입사하기 전 사건이라서."

　"그런가? 입사한 지 10년도 안 됐어?"

　"저 아직 어려요. 실종 사건 얘기는 많이 들었지만 촬영하거나 편집한 적은 한 번도 없어요."

　"자세한 건 카메라 선배들한테 물어봐. 편집부 기자들한테 물어봐도 아는 친구들이 있을 거야."

"사회부장이 선배한테 물어보래요. 세밀한 부분까지 다 아신다고 그러면서. 아닌가요? 부장이 선배를 조금이라도 더 귀찮게 하려고 그런 건가요? 후후….”

사회부장은 1년 선배로 10년 전 나와 함께 사건 팀에 소속되어 있었다. 하지만 세 어린이 실종 사건 취재에서는 빠졌다. 옆에서 내가 겪은 일을 잘 알고 있었다.

"10년 전 실종 당시 그림은 '용무산마을 세 어린이 실종 사건'이라는 이름으로 한 폴더에 담겨 있어. 매년 1년 단위로 그림을 모아서 같은 제목의 폴더를 만들고 거기에 연도를 붙여서 저장해 놓았어. 그 안에 세부 카테고리를 분류해서 작은 폴더를 만들었고. 10년 전 실종된 그 해 그림하고 그다음 해 그림이 가장 많아. 그리고 5년 전 내가 시경 캡 할 때도 그림 용량이 좀 될 거야. 아무래도 자료 그림이 많이 필요할 테니까 따로 분류해서 쉽게 찾아볼 수 있게 모아 둬.”

"그렇군요. 근데 선배는 계속 이 사건을 맡으신 건 아니잖아요? 어떻게 그렇게 잘 아세요?”

"몰라도 돼. 오늘 현장 그림은 많이 찍었나? 시경 차장 인터뷰하고 바로 들어온 건가?”

"저는 현장 스케치하고 시경 차장 인터뷰한 뒤 민수하고 바로 들어왔어요. 한 명 남아서 계속 촬영하고 있습니다. 유기철 기자가 아직 현장에 있어요.”

"그러면 기철이에게 연락해서 유골 발굴하는 장면도 찍고 주위 사람들 그림도 많이 촬영하라고 해. 기철이는 언제까지 현장에 있는 거야?"

"LTE 가져갔어요. 촬영한 그림은 영상 팀으로 계속 보내라고 했어요. 무슨 일이 일어날지 모르니까 카메라부장님이 유골 발굴이 끝날 때까지 현장에 남아서 계속 촬영하고 촬영한 그림은 시간이 날 때마다 LTE로 회사에 보내라고 했어요."

"알았어. 기철이한테 꼭 연락해. 유가족하고 구경하는 사람들까지 빠짐없이 촬영해서 보관하라고."

나는 오승훈 기자의 대답을 듣고 전화를 끊었다.

3

하루가 다르게 가을이 변하고 있었다. 새벽 공기는 이미 차가웠다. 인적 없는 초등학교 운동장 풍경은 을씨년스러웠고 새벽까지 비가 내려서인지 안개가 옅게 드리워져 있었다. 새벽 운동을 하려는 동네 어른들이 하나둘 모이기 시작했다. 그의 모습은 아직 보이지 않았다.

용무산마을 세 어린이 실종 사건 이후 옷을 벗은 뒤 그를 두 번 보았다. 동네에 있는 이 초등학교 운동장에서였다.

지난겨울 모처럼 새벽 운동을 하려고 나왔을 때였다. 나는 무심코 시계 방향으로 돌았다. 동네 어른들은 모두 시계 반대 방향으로 돌았다. 방향을 바꿀까 말까 망설이면서 몇 걸음 더 걸었을 때 그가 옆을 지나쳤다.

몰라보게 많이 늙었지만 깡마른 얼굴, 190센티미터에 가까운 큰 키, 검은색 등산복 재킷, 분명 그였다.

인사를 하려다가 반가워하지 않을 것 같아서 그냥 가던 길을 갔고 그와 다시 마주칠까 봐 운동장을 빠져나왔다.

다음 날 새벽 나는 초등학교 운동장을 다시 찾았다. 그와 이야기하고 싶었기 때문이었다. 이번에는 그를 보면 안부를 묻겠다고 생각했다. 나는 그와 마주치기를 기대하면서 운동장을 시계 방향으로 돌았다. 드디어 반대편에서 걸어오는 그를 발견했다. 그와 거리가 가까워졌다. 그도 다가왔다.

'정인철 과장님 안녕하십니까?' '정인철 과장님 아닙니까?' '아니, 과장님이 웬일이십니까?' 마주치면 어떻게 인사를 할까 생각하며 이야기할 준비를 했다.

그와 눈이 마주쳤다. 하지만 그의 눈을 보는 순간 나는 아무런 말도 꺼낼 수가 없었다. 그는 내 눈을 보지 않았다. 아니, 내 눈을 보긴 보았지만, 시선은 나의 눈을 뚫고 지나가서는 내 뒤쪽 10미터 정도 먼 지점을 응시하는 것 같았다. 그는 나를 지나쳤다. 나는 그 자리에서 돌처럼 굳어버렸다. 그후 나는 새벽 운동을 포기했다.

그는 동촌경찰서 형사과장으로 용무산마을 세 어린이 실종 사건을 지휘했다. 사건이 전국적으로 알려지는 만큼 그의 책임은 더 커졌지만, 그는 실종 어린이를 찾는 데 이렇다 할 단서를 발견하지 못했다.

특별수사본부가 차려지고 당시 시경 차장이 본부장을 맡아 수사를 지휘했다. 그런데 내부적으로 수사본부를 지휘하는 시경 차장과 사건 지역을 관할하는 동촌경찰서장 사이에 알력이 생겼다. 시경 차장은 모든 정보와 윗선 보고를 독점하려고 했고 동촌경찰서장은 자신의 존재가 무시당하는 것을 참지 못했다. 정인철 형사과장은 고래 싸움에 새우등 터진 것처럼 시경 차장과 동촌경찰서장 사이에서 피폐해져 갔다.

차장과 서장은 수사 정보를 자기에게 먼저 보고하기를 원했다. 심지어는 급할 때 작성하는 한두 장짜리 메모 보고서를 갖고도 싸웠다. 한동안 정 과장은 메모 보고서를 두 장씩 작성해야 했다. 복사를 해서 두 장을 만들어 각자에게 전달하면 차장과 서장 가운데 복사한 것을 받은 사람이 기분 나빠했다. 원본을 먼저 받아야 한다는 식이었다.

정인철 형사과장은 빈약한 수사 내용을 마치 보완이라도 하듯 굵고 힘 있는 정자체를 볼펜으로 꾹꾹 눌러서 보고서 용지를 채웠다.

나는 정 과장이 수시로 작성한 메모를 여러 차례 보았다. 나도 그 메모지 가운데 중요한 것을 정 과장 허락을 받고 복사해 가져간 적도 있다. 그 메모는 지금도 나의 사건 서류파일에 보관하고 있다.

이런 식으로 정 과장은 수사는커녕 누구에게 먼저 보고를 해야 할지 전전긍긍하다가 양쪽으로부터 문책만 당했다. 정치력 없는 고지식한 수사 경찰이었기에 더욱 그랬다. 결국 제대로 된 수사는 이뤄질 수 없었다. 나는 그렇게 생각했다.

언론은 연일 경찰의 무능함을 비판했고 그 책임은 특별수사본부 실무 수사 책임자인 정인철 과장이 대부분 뒤집어썼다. 시경 차장과 경찰서장은 1년 정도 근무한 뒤 인사이동을 통해서 다른 자리로 이동했지만 형사과장에게는 성과도, 승진도, 전근도 없었다. 경찰 가운데 누구도 동촌경찰서 형사과장으로 부임하려고 하지 않았다. 세 어린이 실종 사건 수사를 지휘하는 자리였기 때문이었다.

그러다 보니 경찰은 실종 사건 수사의 연속성을 이유로 정인철 형사과장을 다른 곳으로 발령하지 않았다. 정인철 과장은 주위의 시선과 압박에 스트레스를 받았다. 기자들 사이에서는 그가 결국 병만 얻은 상태로 경찰에서 쫓겨났다는 소문이 돌았다.

그는 퇴직 후 세 어린이들의 가족을 찾아가 자녀들을 찾지 못해 죄송하다며 용서를 빌었다. 가족들은 그를 욕하지 않았다. 그들은 정인철 과장이 경찰을 그만둘 때까지 함께 동고동락하면서 성실하게 일하는 것을 지켜보았다. 그렇다고 그를 잡지도 않았다. 유능한 경찰이라고 생각할 수는 없었을 것이다.

퇴직한 후 그는 경찰 동료들과 연락을 끊었다. 퇴직 경찰 모임에도 나타나지 않았다. 기자들이 실종 사건과 관련해 인터뷰를 요청하기도 했지만, 응답하지 않았다. 그러다가 연락조차 불가능해졌다.

용무산마을 토박이인 그가 동촌경찰서 형사과장으로 부임했을 때 문중 어른들은 장손이 금의환향했다며 자랑했지만, 옷을 벗을 때는 아무도 거들떠보지 않았다. 용무산 주변이 재개발될 때 보상비를 많이 받아서 그나마 위안이라는 말도 경찰들 사이에서 오갔다. 얼마 지나지 않아 그를 거론하는 사람은 없었다.

모두가 그렇게 그를 잊었다.

그가 보였다. 새벽안개가 더욱더 짙어졌지만, 그의 모습은 멀리서 보아도 알 수 있었다. 그는 너무 늙어 있었다. 지난겨울보다 더 말랐고 왼쪽 다리까지 절뚝거렸다. 가늘고 긴 고목 같은 모습이 다리를 절며 걷는 모습을 두드러지게 했다. 나는 길목에 서서 그가 가까워지기를 기다렸다. 그는 나를 바라보면서 다가왔다. 예상과 달리 내 앞에서 걸음을 멈추었다. 나는 그에게 말을 건넸다.

"오래간만입니다, 정인철 과장님."

"…."

"많이 변하셨군요. 다리는 왜 그러신 겁니까?"

그는 무표정하게 나를 바라보았다. 얼굴색은 매우 어두웠다. 병색이 완연했다. 그는 나를 내려다보며 말했다.

"어쩐 일이오?"

오랜만에 듣는 그의 쉰 목소리였다.

"뵙고 싶어서요. 어떻게 지내셨습니까?"

"뭐 그냥…."

"같은 동네 사시는 걸 늦게 알았습니다. 어디 사십니까? 저는 저 앞에 있는 오피스텔에서 살고 있습니다."

"저기 보이는 UN 아파트에서 살고 있소."

"가까이 계시는군요. 어제 뉴스 보셨어요?"

"봤소."

"현장은 안 가셨습니까? 정 과장님이 오셨을 것 같아서 찾았습니다."

"내가 뭐 하러…."

"발견된 장소가 어딘지 아세요?"

"…."

"용무산 북편으로 넘어갔을 때 잠시 쉬던 그 소나무 아래 바위 의자 생각나시죠? 그 아래 웅덩이에서 발견됐습니다. 파묻혀 있었어요, 유골들이."

"···."

그는 말을 하지 않았다. 얼음처럼 서 있다가 아무런 말도 하지 않고 나를 지나쳐 운동장을 다시 돌기 시작했다.

"시경 차장은 아이들을 행불자라고 표현했습니다. 아이들이 길을 잃고 헤매다가 저체온으로 숨졌을 것으로 추정하더라고요."

나는 그와 함께 걸으며 말을 이어가려고 했지만, 그는 좀처럼 입을 열지 않았다. 비록 다리를 절었어도 나보다 빨리 걸었다.

"이 사건을 아는 사람이 지금 경찰에는 없습니다. 과장님, 저와 함께 현장에 안 가보시겠습니까?"

"뭐 하러···."

"과장님 도움이 필요할 겁니다."

"지금 동촌경찰서 형사과장은 누구요?"

"김이삼 과장입니다. 제 고등학교와 대학교 후배입니다. 동촌경찰서에 부임한 지 얼마 되지 않습니다. 주로 교통 관련 업무를 했어요."

"쉽지 않을 거요."

"그러니까 정 과장님 도움이 필요합니다."

"나는 도움을 줄 수 없소."

"과장님과 제가 이 사건에 대해서 가장 많이 알 겁니다.

저도 도울게요."

"뭐? 당신이?"

정인철 과장은 걸음을 멈추고 나를 쏘아보았다. 그의 눈에서 증오감을 읽을 수 있었다. 이 세상에서 가장 혐오스러운 대상을 바라보는 눈빛이랄까. 적어도 나는 그렇게 느꼈다. 그는 다시 걷기 시작했고 나는 다리를 저는 그의 뒷모습을 바라보다가 초등학교 운동장에서 나왔다.

4

안개가 걷히고 하늘은 맑아졌다. 기온도 올라갔다. 거리에는 출근 차량들로 붐볐다. 나는 동촌경찰서로 갔다.

"오늘 아침에 선배가 오실 줄 알았습니다."

형사과장실 문을 열고 들어가자 김이삼 과장 특유의 날카로운 저음이 나를 맞았다. 짧은 머리에 넥타이를 맨 단정한 옷차림, 마른 몸매와 광대뼈가 튀어나온 시커먼 얼굴이 차가운 인상을 만들어냈다.

그는 평소 나에게 싸가지 없는 태도를 보였다. 하지만 뒤끝이 없고 겉과 속이 똑같기 때문에 부담이 없었다. 그래서 함께 술도 많이 마셨다. 술값은 내가 다 냈다.

최근 관할 지역에서 발생한 살인사건을 해결하는 데 내 도움을 받은 적이 있어서인지 그는 나에게 전보다 친절한 태도를 보였다. 정보를 부탁하면 대체로 마다하지 않고 알려주었다. 그래도 말투는 여전히 사람 허파를 콕콕 찔러댔다. 그의 눈은 해리포터가 낀 것과 같은 동그란 안경 안에서 미동도 하지 않은 채 상대를 소리 없이 응시한다. 그래서 더욱더 미웠다.

"시경에 갔을지 모른다고 생각했는데 자리에 있었네. 브리핑에 참석하지 않아도 돼?"

"사건이 크다는 거 모르십니까? 국민들 관심도 많지 않습니까? 시경엔 청장님, 차장님, 수사과장님, 과학수사대장님, 우리 동촌경찰서 서장님 같은 높으신 분들만 참석합니다. 내가 가봤자 말할 기회도 없습니다. 저한테 질문하는 기자도 없겠지만요. 그나저나 선배한테 물어볼 말이 많습니다. 선배가 가끔 이 사건 얘기하지 않았습니까, 정말 이상한 사건이라고. 그때도 우리 경찰서 출입하셨죠?"

"그랬지. 사인은 밝혀졌고?"

"시간이 좀 걸릴 겁니다. 유골만 나왔는데 사인이 바로 나오겠습니까?"

"유골하고 유품은 국과수로 넘겼지?"

"네."

"서채민 교수는 어제 왜 불렀는데?"

"제가 부른 건 아닙니다. 시경 과학수사대장님이 오시라고 요청했습니다.”

“왜? 요새는 국과수가 다 하잖아.”

“유골만 있고 아무것도 남은 것이 없기 때문에 서채민 교수 같은 법의학 전문가가 필요하지 않겠습니까?”

“그렇군. 그런데 그걸 아는 사람들이 현장은 왜 그렇게 엉망으로 만든 거야? 증거물 찍으라고 진열시킨 건 정말 오래간만에 본 촌스러운 장면이었어. 20년 전 경찰로 돌아간 줄 알았어.”

“그 때문에 말이 많았습니다. 서채민 교수도 엄청나게 항의했습니다. 과학수사대가 도착하기도 전에 누군가 진열했더군요.”

“누군가 진열하라고 지시했겠지.”

“유품 몇 개가 이미 발굴돼서 그랬다고 하더라고요.”

“그러니까 경찰이 도착하기 전에 이미 발굴된 유품이 있어서 그것만 진열했다는 말이야? 누가 발굴했다는 거야, 증거물들을?”

“유골을 발견하신 등산객 두 분요.”

“그 사람들, 발견은 잘했는데 발굴까지 하셨네.”

“뭔지 궁금하니까 파 본 거겠죠. 그랬으니까 신고하게 됐고요.”

“현장이 많이 훼손됐겠네. 경찰은 저체온으로 아이들이 사

망했다고 단정해버리고. 그러니까 증거가 더 필요하지 않을
것으로 생각했을 수도 있었겠어."

"그럴 리가 있습니까, 경찰 수준을 어떻게 보시는 겁니까?"

"지금도 저체온 사망이 경찰 주장인가?"

"아직 사인은 밝혀지지 않았습니다만, 아닌가요? 차장님이
그럴 정도면 어느 정도 신빙성이 있지 않을까요?"

"김 과장, 아이들 세 명 모두 6학년이었어. 다 큰 아이들이
라고. 그 아이들은 어렸을 때부터 용무산을 휘젓고 다녔어.
어렸을 때부터 태권도도 배우고 있었고. 쌍둥이 가운데 한
아이가 심장이 조금 약하다고는 했지만, 그렇다고 추위에 쓰
러질 정도는 아니었다고. 만일 그 아이가 주저앉았다고 해도
다른 두 명이 튼튼해서 얼마든지 들쳐 업고 내려올 수 있었
다고. 게다가 아이들은 용무산 구석구석을 손바닥처럼 알고
있었어. 용무산마을은 오래전부터 용무산의 대표적인 자연부
락이야. 그래서 이름 그대로 용무산마을이라고 불렸어. 용무
산마을 사람들은 그 산이 자신들의 터전이었어."

"아무리 용무산을 잘 안다고 해도 산에서 길을 잃으면 판
단력이 흐려지지 않습니까?"

"용무산에서는 어떤 방향으로든 조금만 내려가도 논밭이나
민가가 나와. 도로가 나오거나. 도로와 마을로 둘러싸인 조그
만 야산이야. 산 정상 높이가 해발 200미터도 안 돼. 마을에

서 보면 100미터도 안 되고. 다른 산으로 연결된 거대한 산맥이 아니야. 어두워지면 마을의 불빛이 보였을 거라고. 아이들이 헤맨다 하더라도 불빛을 보고 마을로 내려올 수 있었을 거야. 거기서 아이들이 그냥 가만히 앉아서 얼어 죽을 이유가 있을까? 타살이라고 하면 범인을 검거해야 하는 부담감 때문에 감당하기 어려우니까 저체온으로 죽었다고 한 거야, 시경 차장님께서."

"같은 말을 해도 꼭 그렇게 신경 긁으면서 하면 좋습니까? 그렇다면 타살이란 얘깁니까?"

"아니면, 자살인가? 아이들이? 세 명이나? 경찰은 일이 커지는 것을 싫어하잖아."

"제가 어디 일 마다하는 거 봤습니까? 일하기 싫어하는 사람한테 협조는 왜 구하십니까?"

"그건 다른 얘기고. 분명한 건 길을 잃고 탈진상태에서 저체온으로 사망했을 가능성은 절대로 없다는 거야."

"선배, 지금은 주변이 개발되고 아파트, 학교, 마트가 들어섰잖습니까? 산에서 볼 때 주거지가 더 가까워진 거 아닙니까? 10년 전에는 민가가 더 멀리 떨어져 있지 않았을까요?"

"그 말도 어느 정도 맞아. 사실 어제 아이들 유골이 발견된 것도 주변이 개발됐기 때문이라고 볼 수도 있어. 애들이 살던 남쪽 용무산마을 말고는 대부분 민가가 더 멀리 떨어져 있었거든. 용무산 주변이 개발되면서 논과 밭, 저수지가 있던 자리에 아파트와 초등학교, 중고등학교가 들어섰어. 동촌구청에서 등산로를 개발하고 체육시설도 많이 만들었고. 그러니까 많은 주민이 용무산을 자주 찾게 됐고 아이들 유골도 발견할 수 있게 된 거야. 하지만 유골이 발견된 곳은 4부 능선 정도야. 깊은 산속이 아니었어. 아무리 오래 걸려도 10분만 걸어 내려오면 동네였다고."

"선배는 어떻게 그렇게 잘 아십니까?"

"유골이 발견된 그곳에서 북쪽 동네로 내려간 적이 있었거든, 10년 전 수색하러 갔을 때. 지금 아파트 밀집 지역 말이야."

"그러셨군요."

"그런데 그런 사실 말고도 저체온 사망이 아닌 명백한 이유가 있어."

"뭔데요?"

"추워서 서로 부둥켜안고 숨졌다면 그다음 날 가족과 동네 이웃들이 용무산을 수색했을 때 곧바로 발견됐을 거야. 아이들이 숨질 때 산속에 누워서 자기들 몸 위에 흙과 돌을 덮어 놓을 수는 없잖아."

김이삼 과장은 고개를 끄덕였다.

"그런 것 같네요. 그럼 사인은 뭘까요?"

"그러니까 저체온 운운하지 말고 제대로 된 사인부터 알아내야 해. 나도 꼭 알고 싶어. 김 과장한테 부탁을 많이 할 거 같아."

"부탁이요? 왜 이러십니까? 후배 부려먹는 거 또 시작이네. 저도 시경 지시받고 움직입니다, 이번 사건은요. 시경 차장이 직접 지휘할 겁니다. 곧 특별수사본부가 차려질 겁니다."

"그래도 수사의 핵심은 김 과장이야. 모르겠나?"

"그래서 선배도 중년의 몸을 이끌고 몸소 취재에 나서는 겁니까? 시경 캡이 알아서 취재할 거 아닙니까? 선배 상관인 후배 말입니다. 후후⋯."

김이삼 과장은 내 속을 긁었다. 잘 나가다가 본색을 나타내는 재주가 발동했다.

"어제 발견한 유골하고 유품 목록만 알려줘."

"시경 캡에게 부탁하시죠."

"기자들한테 주는 거 말고, 더 자세한 거 말이야."

"기자 따로, 경찰 따로 알려주는 게 있는지 모르겠습니다. 보고서에 있는 걸 읽어드리죠. 만일 선배가 뭐든지 알아내시면⋯ 아시겠죠?"

"김 과장에게 제일 먼저 알려주잖아. 걱정하지 말라고."

김이삼 형사과장은 내 제안에 만족스러운 표정을 지으면서 서랍에서 보고서를 꺼냈다.

"아이들 두개골 석 점하고요, 두개골 파편이 조금 나왔습니다."

"조금? 몇 개?"

"몰라요. 그건 직접 가서 세어 보세요, 아무도 안 보여주겠지만. 다른 뼈들은 모두 30개 정도라고 합니다. 두개골 한 개에서는 치아 보철을 확인했답니다. 국과수 법치의학 팀 실장이 어제 현장에 왔었나 봅니다."

"그랬던가? 보철한 건 동구 유골이군."

"동구라고요?"

"유동구라고, 남자아이야. 치아교정을 하고 있었어."

"그렇군요. 상하 체육복 세 벌하고요."

"학교 마크 확인했나?"

"네, 용무산초등학교 글자 마크가 윗도리 가슴 부분에 남아 있었습니다. 체육복이 화학섬유라서 그런지 썩지 않았다고 하더라고요."

"폴리에스터 섬유야."

"어련하시겠어요. 그게 그거 아닙니까?"

"체육복은 입고 있었나?"

"대체로는요."

"대체로? 벗겨져 있는 옷도 있었나?"

"그 상태를 알 수 있겠습니까? 10년이나 땅속에 묻혀 있었

고 유골이 여기저기 흩어져 있었는데 어느 뼈에 옷이 입혀져
있어야 입은 겁니까?"

"알겠어, 알겠다고. 그럼 속옷은?"

"없었어요."

"그리고?"

"검은색 재킷 한 벌."

"진열했던 그 재킷?"

"네."

"쌍둥이 자매 가운데 동생 거야. 나인영이 체육복 위에 입
었던 태권도장 옷이네. 추울 때 태권도복 위에 입으라고 도
장에서 일괄로 맞춘 옷이야. 어제 보니까 소매가 묶여 있던
데?"

"네, 어떤 형태로 묶은 건지는 아직 조사가 안 됐습니다.
그리고 운동화 여섯 개, 그러니까 세 켤레가 있었습니다. 분
홍색 운동화 두 켤레, 흰색 농구화 한 켤레. 손목시계 한 점,
손바닥 크기만 한 작은 가방이 한 개 나왔습니다. 누구 거
죠?"

"손목시계는 동구 시계야. 가방은 쌍둥이 자매 가운데 언
니인 나소영 거고. 가방 안에 들어있었던 건 없었나?"

"없었어요. 열려 있었으니까 내용물들이 유실됐을 겁니다.
선배 정말 많이 아시네요. 이게 전부입니다."

"유골이 뿌려지듯이 흩어져 있었어. 일반적인 거라고 하던 가?"

"자세한 건 국과수가 조사하겠죠?"

"그런 것도 물어봐야 국과수가 의문을 품고 조사하지 않을까? 의견 교환을 하지 않아?"

"잔소리 좀 그만 하세요. 국과수에 전문가들이 많습니다. 다 알아서 할 거라고요. 뭔가 생각하시는 게 있습니까?"

"나도 몰라. 서채민 교수는 국과수하고 어떻게 일을 한다는 거야? 국과수로 기시나?"

"그런 건 아니고 자문을 하시는 거죠. 아마도 유골 조사는 서채민 교수가 직접 할 겁니다."

"국과수에서?"

"아닙니다. 유골은 서채민 교수가 있는 K대 의과대 법의학교실로 일단 보냈습니다. 거기서 일차 조사할 겁니다."

"뭐라고? 정말이야?"

"기자들한테 절대 비밀입니다. 알려지면 대한민국 언론사 기자들 수백 명이 서채민 교수 연구실로 몰려갈 겁니다. 그런데 서채민 교수를 선배가 만날 수 있을지 모르겠네요. 서채민 교수는 전화도 안 받고 만나지도 않을 겁니다."

"알겠어, 고마워."

"어쩌시게요?"

"비밀이야."

"저한테는 비밀이 없어야 하는 거 아닙니까? 서채민 교수한테서 중요한 정보 나오면 바로 알려주세요. 만날 수 있으면 말입니다."

해리포터 안경을 낀 김이삼 과장은 나를 뚫어지게 쳐다보았다. 약속을 받아내려고 하는 태도 같았다.

"김 과장, 10년 전 이곳에 계시던 분인데, 정인철 형사과장이라고. 아마도 고조 할아버지뻘 될 거야. 알고 있어?"

"물론이죠. 세 어린이 실종 사건 때문에 어떻게 되신 줄도 알고 있습니다. 경찰들은 다 알 겁니다."

"알면 참고하게."

"왜요? 저도 그렇게 될까 봐 그러십니까?"

"그래."

"지금 시대가 어느 시대인데 그러십니까? 사건 해결은 시경에 넘기면 되고, 중요한 정보 제공은 제가 하면 되죠. 저는 그렇게 미련하지 않습니다. 그리고 선배가 많은 정보를 저한테 줄 거 아닙니까? 그렇죠? 그러니까… 음, 그런 의미에서 저녁때 소주 한 잔 어때요?"

"그러지. 시간 나면 연락할게."

"술은 제가 살 테니까 걱정하지 마시고. 제 개인 돈으로 말입니다. 뭐 꺼림칙하면 반반씩 부담하든가. 헤헤….'"

김이삼 과장이 돈 애기를 꺼내자 생각나는 것이 있었다.

"유골 발견한 분들 신원은 왜 공개하지 않는 거야. 포상금 때문이야?"

"네, 기업들이 결정적인 단서를 제공하는 제보자에게 주라고 포상금을 걸었잖습니까? 수천만 원 된답니다. 그래서인지 그분들이 자신의 신분을 비공개로 해달라고 경찰에 요청했습니다."

"어떤 분들인지 조사는 했나?"

"네. 최초 발견자는 아들을 따라서 1년 전에 부산에서 이사를 오신 분입니다. 그 아랫동네 아파트에 살고 있습니다. 사건과는 관계가 없는 것으로 봐도 무방할 겁니다."

"최초 발견자를 도와서 유골을 발견한 분도 있었다면서? 어제 시경 차장이 인터뷰할 때 그랬는데."

"그분은 아파트 입주할 때 그 동네로 이사를 오신 분입니다. 최초 발견을 한 사람이 아니고 우연히 따라오던 분이기 때문에 사건과는 무방하다고 봐야죠."

김이삼 과장은 보고서로 눈을 돌리면서 주저하듯이 나에게 물었다.

"선배 만나면 물어볼 게 있었습니다. 애들 부모 말입니다. 그분들 사망하지 않았습니까? 왜 그렇게 된 겁니까?"

김이삼 과장의 갑작스러운 질문에 나는 말문이 막혔다. 아니, 질문은 갑작스러운 것이 아니었지만 생각하기 싫은 기억을 불러내야 해서 그럴 준비가 안 된 나에게는 갑작스러운 질문처럼 느껴졌다. 잠시 침묵이 흘렀다. 김 과장이 다시 물었다.

"돌아가신 분들은 쌍둥이 자매 부모들이죠?"

"그래, 나소영, 나인영 아빠 나인수 씨, 엄마 이계진 씨."

"어떻게 돌아가셨습니까?"

"직접 사인은 두 분 모두 심장마비였어. 일주일 간격으로 돌아가셨지."

"어제 현장에 오신 할머니는 쌍둥이 손녀에다가 아들, 며느리까지 다 잃으셨네요."

김 과장은 쌍둥이 자매의 부모에 대해서 더 이야기하지 않았다. 나도 김 과장에게 더 물어볼 말이 생각나지 않았다.

"김 과장, 사건 기록을 자세히 살펴보고 용의선상에 올랐던 사람들도 다시 찾아봐. 단서가 나오면 나한테도 꼭 연락해줘. 나도 기록을 다시 꼼꼼하게 봐야 할 것 같아."

이렇게 말하고 자리에서 일어서는 나를 김 과장이 해리포터 안경 너머로 올려다보면서 말했다.

"선배, 정말 궁금한 게 또 하나 있습니다."

"…"

"그때 경찰이 수십만 명을 동원해서 용무산을 샅샅이 수색하지 않았습니까? 헬기까지 띄워서 찾기도 했고요. 선배가 더 잘 아시겠지만 전 국민이 아이들을 찾는 데 관심을 가졌다고 해도 과언이 아니었죠. 기자인 선배까지도 산속을 돌아다니면서 직접 수색하지 않았습니까?"

"그래서?"

"그런데 다른 곳에서 발견된 것도 아니고 용무산 숲 안에서, 그러니까 등잔 밑에서 아이들 유골이 발견된 거 아닙니까? 그때는 왜 발견하지 못했죠?"

"…."

"정말 이상하지 않습니까? 경찰이 2미터 정도의 간격으로 늘어서서 탐침으로 바닥을 찔러가며 온 산을 뒤지지 않았습니까? 그때 기록을 찾아보니까 처음 만 1년 동안 연인원 30만 명을 동원해서 수색했더라고요. 대한민국 역사상 경찰이 실종자를 찾기 위해서 그런 규모로 수색한 적은 없을 겁니다. 누군가 아이들을 살해해서 묻었다고 해도 그렇게 깊게 파묻은 것도 아닌데, 만일 제대로 수색했다면 시신을 발견했을 가능성이 높지 않았을까요?"

"…."

김이삼 형사과장은 당시 경찰의 무능함을 얘기하려고 나에게 질문한 것이다. 그의 질문은 내 기억력의 뇌관을 건드렸다. 이 뇌관은 심장에 전기 충격을 주어 피를 돌게 하듯이 숨겨놓은 기억을 순식간에 불러 순환시키려고 했다. 하지만 다시 불러내어야 할 기억의 파편들은 모두 다 부끄러운 것들 이었고 나를 주눅 들게 했다.

나는 아무런 대답도 하지 못하고 김이삼 형사과장의 방에 서 나왔다.

왜 10년 전에는 실종된 세 어린이를 발견하지 못했을까?

김이삼 과장의 질문은 내가 가진 의문과 근본적으로 다르 지 않았다. 어제부터 나를 혼란스럽게 한 의문이기도 하다. 지금 그 의문은 하나의 명제로 명료하게 정리됐다.

왜, 어제, 그 소나무 아래에서, 실종된 세 아이의 유골이 발견됐을까?

5

"어제저녁 우리 뉴스 봤지?"

자리에 앉자마자 사회부장이 나에게 물었다. 많은 기자가 리포트 한다고 고생한 것을 알고 있느냐는 것이다.

"봤습니다."

"김 기자는 이 사건을 잘 아니까 보도할 만한 아이템이 많겠지?"

"어제 뉴스처럼 하면 될 거 같습니다. 유골 발견 사실, 발견이 늦은 데 따른 문제점, 지난 10년 동안의 경과는 어제 보도했으니까 오늘은 유골 발견 이후 사인 분석 속보, 타살일 경우 경찰 수사 방향과 내용, 과거 경찰 수사에서 드러난 문제점을 상세히 짚어주면 좋겠네요. 그리고 어제 유족들 진술을 간단하게 보도했는데 유족의 슬픔에 초점을 맞춰서 애기해보면 어떨까 합니다. 전체적으로는 아이들이 숨진 원인과 경찰 수사 방향에 관심이 쏠릴 것 같습니다."

"오늘 아침 시경 브리핑을 주요 내용으로 해서 캡이 지금 그런 식으로 정리하고 있지. 어제 신원을 확인해준 유족 진술은 경찰 입을 통해 보도했는데 말이야, 유족을 직접 인터뷰하는 것은 불가능하다고 하더라고. 민수가 계속 시도했는데 말이야. 결국 못 했어. 김 기자가 유족들 잘 알지?"

"잘 압니다만 유족들은 기자를 만나지 않을 겁니다. 자료 그림과 옛날에 따놓은 인터뷰를 활용해서 유족이 어떤 고통을 겪었는지 정리하는 게 좋을 것 같습니다."

"맞아, 맞아. 그때 기자들이 얼마나 많은 오보를 하고 상처를 줬어. 유족은 기자라고 하면 이를 갈 거야. 김 기자가 한 꼭지 해 줘. 오승훈 기자가 어제부터 자료 그림들을 모으고 있더라고."

사회부장이 아픈 곳을 찔러댔다. 나는 응수할 수가 없었다. 조용히 일어나 영상편집실 안쪽 방으로 들어갔다.

차라리 아이들 실종 사건을 잘 모르는 기자가 유족의 스토리를 정리하는 것이 적절하다는 생각이 들었다. 유족이 고통을 겪은 것은 생명 같은 자식들이 실종됐기 때문이다. 하지만 그 이후 더 고통을 당한 것은 유족에 대한 배려 없이 소설을 써 댄 언론의 보도 내용 때문이다. 이런 것들을 어떻게 리포트 해야 할지 난처했다.

10년 전 동촌경찰서에 처음 출입했을 때, 아이들은 이미 일주일 전에 실종된 상태였다. 그때까지만 해도 단순 가출로 보는 경찰이 많았다. 기자들도 크게 신경 쓰지 않았다. 가족과 친척, 용무산마을 동네 주민, 지구대 경찰 몇 명이 일주일 동안 용무산을 세 차례 수색했지만, 아이들을 찾지 못했고 다른 곳에서 발견되지도 않았다.

하지만 한 달째가 되자 나를 포함한 동촌경찰서 출입 기자들의 관심이 커지기 시작했다. '실종 한 달째'라고 하면 관심을 끄는 리포트 아이템이 될 수 있었고 신문 기자들도 박스 기사로 다룰 만했다.

그때부터 가족을 인터뷰하고 어린이들을 찾지 못하는 경찰 수사나 용무산 수색의 문제점을 다루기 시작했다. 그리고 두 달째, 석 달째 실종 사건이 보도되면서 전국적인 관심을 모았고 경찰은 특별수사본부를 설치해 수많은 경찰력과 예산을 쏟아 부으면서 용무산을 수색하고 제보를 받아 수사했다.

실종 1년째 되는 날에는 모든 언론사가 특집 뉴스로 다루었다. 세 어린이 실종 사건은 그 후 몇 년 동안 주요 뉴스가 됐다. 실종 5년 뒤 내가 시경 캡을 하던 해에도 잊지 못할 사건이 벌어졌다.

주목할 만한 단서가 나오지 않고 특별한 사건도 생기지 않자 세 어린이 실종 사건은 사람들의 관심에서 멀어지기 시작했다. 경찰은 특별수사본부를 조용히 특별수사반으로 축소 개편했다. 특별수사본부 축소를 가족들은 격렬하게 반대했다.

나는 오승훈 기자가 모아놓은 그림을 천천히 돌려 보았다. 실종 당시 용무산마을 그림, 경찰이 산을 수색하는 그림, 헬기 그림, 경찰과 가족 인터뷰, 가족들이 전국을 돌며 아이들 웃는 사진이 인쇄된 전단을 돌리는 모습, 제보자의 편지, 노래, 영화, 저수지 그림, 중장비들, 내가 기억하지 못하거나 기억하기 싫은 이미지들을 에디우스(영상편집시스템)는 하나도 빠짐없이 보여주고 있었다. 주마등처럼 지나쳐 간다는 표현처럼 10년 동안의 이미지가 시간 순서에 따라 흘러갔다.

10년 동안의 자료 그림을 대충 훑어보는 것은 사건을 모르는 사람한테는 의미 없는 일이겠지만, 나에게는 사건 전체를 조망할 수 있게 해 주었다. 뒤죽박죽된 기억의 파편들을 일목요연하게 편집해 주었고 어제 유골 발견 현장에서 왜 그토록 혼란스러웠는지 짐작하게 해주었다.

어제 촬영한 현장 그림은 지난 10년 동안 시간 순서대로 정리한 자료 그림들 뒤에 자연스럽게 이어붙일 수가 없었다. 서로 어울리지 않았다, 시간적으로나 공간적으로. 이 사건을 어디서부터 취재해야 할지 영감이 떠오르기 시작했다.

Ⅱ. 중계차

현장을 생생하게 보여주기 위해서 활용하는
방송사의 이동형 현장 제작 시스템

6

베토벤의 '환희의 찬가'가 울렸다. 발신자에 '마녀'가 찍혀 있었다. 하마터면 젓가락을 놓칠 뻔했다. 핸드폰을 들었다.

"너 지금 어디야?"

"회사 식당인데요."

"지금 밥이 목구멍으로 넘어가? 경위서 아직 안 냈지?"

"잘 아시네요."

"이 새이가! 빨리 처먹고 회사 중앙 회의실로 튀어 올라와! 알았어?"

"왜요?"

"몰라서 물어? 경위서 안 쓰면 감찰 팀이 끌고 간다고 했어 안 했어, 엉?"

"우리 회사에 감찰 팀이란 게 있습니까?"

"올라오라면 올라와! 1시까지다. 10분 남았어. 그리고 꼭 양치하고 올라와, 알겠지? 안 올라오면 내가 보도국 내려가서 뒤집어 놓을 거야."

감찰 팀이란 게 있는지 들어보지 못했지만, 도대체 무슨 놈의 감찰을 수십 명이 모여서 회의하는 중앙 회의실에서 한다는 것인지 마녀의 속셈을 알 수가 없었다. 나는 천천히 밥을 먹고, 천천히 양치하고, 천천히 회의실로 올라갔다. 마녀는 팔짱을 끼고 회의실 문 앞에서 나를 기다리고 있었다.

마녀는 미녀대회 출신이라고 하지만 무슨 대회에 참가했는지, 성적은 어땠는지 아무도 몰랐다. 나이 많은 임원들은 마녀가 야무지고 예쁘다며 칭찬한다고 하지만 나에게는 쥐 잡는 데 혈안이 된 고양이 같았다.

신입 아나운서 시절 선배 기자들로부터 많이 혼났기 때문에 경영국장 자리에 앉자마자 기자들에게 앙갚음한다는 것이 선배들의 주장이었다. 누군가는 마녀가 기자들에게 복수하기 위해서 죽자 사자 임원들에게 매달려 경영국장 자리에 올랐을 거라고도 했다. 마녀는 나를 제일 미워했다. 나를 싫어하는 이유는 단 한 번도 청탁을 들어주지 않았기 때문이라고 생각했다.

마녀는 늘 굽이 높은 구두를 신었고 턱을 높이 들었다. 눈높이가 나와 같았다.

"10분이나 늦었어. 방송기자랍시고 양복 빼입고 다니면 면도는 기본 아니니? 넥타이도 매고. 네 비디오를 보면 선배들이 너를 왜 뽑았는지 정말 불가사의다. 네 선배들 수준이 그대로 드러나는 거야."

마녀는 돌아서서 회의실 문을 열었다. 걷는 모습은 손흥민이 질주하는 것을 느린 화면으로 보는 것 같았다.

중앙 회의실에는 인사부장과 인사부 직원, 단 두 명만 앉아 있었다. 인사부장은 선배였고 인사부 직원은 한참 후배인 여성이었다. 나머지 30여 개의 좌석은 텅 비어 있었다. 웃음이 나왔다. 인사부는 경영국 내부 조직이다. 자기들 마음대로 감찰 운운하는 것이다.

"네가 저지른 짓에 대해서 인사위원회가 징계 수위를 결정할 거야. 그 전에 너의 진술을 듣기 위해서 감찰 팀이 가동된 거야. 경위서를 한 장도 써내지 않아서 부득이하게 조사하는 거야. 감찰 결과는 보고서로 작성해서 인사위원들에게 제출할 거야. 인사위원회가 열리면 거기에 출석해서 또 진술할 수 있어. 진술하기 싫으면 관두고. 감찰 팀이 질문하면 사기 치지 말고 사실대로 말해. 객관적으로 조사해야 하니까. 나는 아무 말 하지 않고 지켜보기만 할 거야."

"감찰 팀은 처음 들어보는데요. 그냥 경영국 인사부에서 의견을 청취하는 거네요. 누가 인사위원회를 열라고 요청했는데요?"

"내가 했다, 왜? 그리고 감찰이라는 말 몰라? 감시하고 관찰하는 게 감찰 아니니? 감찰이 뭐 별거니? 여직원 성추행한 주제에, 그것도 두 번씩이나, 엉?"

마녀는 눈을 부라리면서 자신의 얼굴을 내 코앞까지 들이대며 윽박질렀다. 뭔가 한 방 먹여줘야 하는데 마녀의 무지막지한 언행에는 효과적인 대응책을 제때 생각해 낼 수 없었다.

타원형의 대형 테이블 한가운데인 사장 자리에 마녀가 앉았다. 양옆으로는 나와 자칭 감찰 팀이 5미터 정도 거리를 두고 마주보았다. 인사부 후배가 질문하기 시작했다.

"안녕하세요, 김환 기자님, 우선 주제별로 간단하게 질문하고 세부사항은 추가로 질문하겠습니다. 건설업체로부터 술과 밥을 제공 받고 여자까지 받은 것이 사실입니까?"

나는 기가 막혀서 말이 나오지 않았다.

"그 건은 이미 끝났어요."

내가 짜증내자 지켜보기만 하겠다던 마녀가 갑자기 끼어들었다.

"끝나긴 뭐가 끝나. 보도국장이 너를 경제부에서 사회부 사쓰마리(경찰서를 돌며 사건을 취재하는 기자를 지칭하는 은어)로 좌천시킨 게 끝난 거야? 그건 출입처 바꾼 거고. 김영란

법을 어겼으니까 회사 차원에서 징계를 받아야 할 거 아니니? 법적인 책임도 져야 하고. 엉?"

"내가 아는 박 사장이라는 분과 저녁 식사를 한 것은 사실인데, 식당에서 나오는 모습을 같은 동네 사시는 경영국장님이 저녁 산책하시다가 목격하시고는 여자 접대까지 받았다고 지어낸 겁니다. 여자 있는 술집은 가지도 않았어요."

"그래도 밥값은 박 사장이라는 분이 냈죠? 일단 그 부분은 거기까지 듣고요. 후배 여기자 성추행한 사실 있습니까?"

"사회부 막내 기자인 민수와 저녁 먹고 나오면서 고생한다고 어깨를 톡톡 쳤는데 이 역시 경영국장님이 우연히 목격하고 성추행했다고 뒤집어씌운 겁니다. 민수도 아무 일 아니라고 노동조합에서 진술했다고 들었어요."

내 말을 듣고 있던 마녀가 또 갑자기 자리에서 일어서며 고함을 쳤다.

"이 새이가! 아무 일 아니라고? 후배 여기자 어깨를 왜 쓰다듬어, 엉? 이게 성 감수성이 전혀 없네."

어떻게 응수할까 생각하는데 여직원의 질문이 또 들어왔다.

"김 기자님, 여성이 싫어하면 동의 없이는 악수도 하시면 안 됩니다."

"나는 민수를 여성이라고 생각하지 않았어. 남녀를 떠나

그냥 후배 기자일 뿐이야. 남자 후배들 어깨도 가끔 잘하라고 두드리잖아?"

"반말하지 마세요."

인사부 여직원의 목소리가 날카로워졌다. 인사부장도 나를 노려보았다. 나는 말문이 막혔다. 아무리 부서가 달라도 선후배 간 말을 높인 적이 없었다. 요새 입사한 후배들은 부서가 다르면 서로 말을 높이는 것일까?

마녀가 또 나섰다. 이번에는 차분하게 말했다.

"김환 기자님, 항상 출입처에서 너보다 나이 많은 사람들한테까지도 반말 비슷하게 지껄이다 보니까 나이가 좀 어리다 싶으면 아무한테나 기계적으로 말을 까는 게 습관이 됐지요? 꼴에 방송기자라고…."

나는 마녀의 말을 무시하고 인사부 여직원에게 말했다.

"계속해 보세요."

"김 기자님, 지가영 작가님을 영상편집실 구석방으로 불러서 문을 잠가놓고 성추행한 사실이 있습니까?"

"없어요. 이것 역시 마, 아니 경영국장님이 지어낸 소설입니다."

"지가영 작가님이 안 된다고 소리치는 것을 편집실 밖에서 들은 사람이 여러 분 계십니다."

"그때는 나도 당황스러워서 바로 해명하지 못했지만, 지가영 작가가 전에 나에게 커피를 쏟아 미안하다면서 셔츠를 한 벌 사서 영상편집실 안쪽 방으로 나를 찾아왔어요. 나는 노트북에 입력한 그림을 정지시켜 놓았었는데 뭘 잘못 건드렸는지 나도 모르게 플레이된 겁니다. 그 그림 속 주인공이 안 된다고 소리치는 것이 밖에까지 들린 거예요."

"경영국장님이 문을 열고 들어가니까 지가영 작가님 얼굴이 사색이 되었다고 하던데, 왜 사색이 되었다고 보십니까?"

"파래졌다는 주장은 경영국장님 주장이에요. 갑자기 플레이된 그림이 다소 예기치 않던 내용이긴 했어요. 지가영 작가한테 확인해 보세요."

"지가영 작가님한테 벌써 확인했어요."

"…"

"울먹이면서 아무 말도 하시지 않았어요. 작가님의 그런 모습을 보면 사태가 심각하다고 볼 수밖에 없어요."

"주관적으로 판단하지 마세요."

"김환 기자님, 여성 작가를 영상편집실 구석 끝 방으로 불러서 문을 잠그고 함께 있었다는 것 자체가 문제 있다고 생각하지 않으십니까? 문 잠그는 거, 동의 받으셨나요?"

"기자들은 그림을 보기 위해서 영상편집실에서 살다시피 합니다."

"문을 잠그셨잖아요."

"내가 리딩하던 그림이 매우 중요한 그림이라서 혹시 누가 볼까봐 문을 잠근 겁니다."

그때 나는 중요한 그림을 보고 있었다. 누구도 듣거나 봐서는 안 될 진술이 담긴 자료 그림이었다. 몰래카메라로 동의 없이 촬영한 것이었다. 그런데 우연히도 카메라의 앵글이 여성의 하체에 고정됐었다.

지가영 작가가 편집실 방으로 들어오겠다고 할 때 플레이하던 그림을 컴퓨터 하단에 감추고 지가영 작가를 맞았다. 그리고 습관적으로 다시 문을 잠그게 되었다.

그런데 무엇을 잘못 건드렸는지 감춰둔 그 그림이 다시 컴퓨터 모니터에서 플레이되면서 화면 속 오디오도 크게 나온 것이다. 그 그림을 보게 된 지가영 작가는 나를 이상한 눈으로 바라보았다.

그때 보도국에 간부들과 함께 있던 경영국장이 들이닥쳤다. 그 그림을 보여주면 해명이 되었겠지만, 아무에게도 보여주면 안 되는 자료 그림이기 때문에 공개할 수는 없었다.

"김 기자님, 지가영 작가님이 그러시던데, 그때 김 기자님이 포르노 그림을 보여주셨다고 진술하셨어요."

"……."

'환희의 찬가'가 울렸다. 김이삼 형사과장으로부터 온 전화였다. 나는 핸드폰을 들었다. 저음이면서도 정확하고 빠른 말투였다.

"선배, 이쪽으로 오셔야겠습니다."

"경찰서?"

"아닙니다. 살인사건이 생겼습니다. 현장 위치를 문자로 보내겠습니다."

"이 와중에 살인사건이라고?"

"네, 살인사건이 확실합니다. 뭔가 이상한 점도 있어요."

"이상하다고? 그런데 왜 내가 가야 하는 거지?"

"남자가 숨졌는데, 뒤에서 둔기로 머리를 맞은 것으로 보입니다. 칼에도 찔렸어요."

살인사건은 끊임없이 발생한다. 요즘은 특이한 살인사건이 아니면 뉴스로 다루지 않는다.

"숨진 사람이 아실만한 분 같아서 연락했습니다."

"누군데?"

"이학진이라고 하는데 생각 안 납니까?"

"이학진이라고? 누구지?"

"선배 방송사에서 사진도 찍었습니다. 2천만 원을 기부했다고 하더라고요."

"아, 그 사람. 그 사람이? 왜 살해됐지? 아….."

갑자기 숨이 멈췄다. 맥박이 빨라졌다. 이럴 때마다 나타난 고질적인 나만의 현상이다.

이름은 쉽게 기억해내지 못했지만, 그가 누구인지는 뚜렷하게 기억했다. 나는 자리에서 일어섰다. 그런 나를 보고 마녀가 고함을 쳤다.

"뭐 하는 짓이야? 감찰 중에."

"용무산마을 세 어린이 실종 사건과 관련이 있는 것 같은데, 살인사건이 발생했어요. 현장에 가봐야 해요."

나는 회의실에서 급히 나왔다. 마녀가 나를 쫓아왔다.

"세 어린이 실종 사건? 김환! 거기 안 서?"

마녀는 내 재킷의 목 부분을 뒤에서 잡았다. 손의 압력이 대단했다. 나는 그녀의 손에서 벗어나기 위해서 돌아섰다.

"네 입에서 세 어린이 실종 사건 얘기가 나와? 그 사건 때문에 감찰 절차도 무시하고 네 맘대로 나가? 미쳤니? 실종 사건? 부끄럽지도 않니?"

"…."

"그래, 얘기 한 번 해볼까? 너 그 사건으로 언론사 개망신은 도맡아 시키고, 가짜 뉴스를 시리즈로 방송하지 않았니? 야, 이 새이야! 기자랍시고 그 와중에도 경찰한테 맨날 술이나 얻어 처먹고 사건 브리핑할 때마다 높으신 시경 차장한테도 촌지 받고. 경찰이 낸 자료만 앵무새처럼 읊어대고…. 내가 모를 줄 알아? 사람들이 모른다고 생각해? 네가 이제 와서 아이들 실종 사건 때문에 경찰서 간다고?"

"나는 그런 적 없어요."

"그런 적 없어? 웃기고 있네. 애들 실종 사건 때 경찰한테서 술 얻어 처먹은 적이 한 번도 없다는 말이니? 주둥이 마음대로 놀리지 마, 이 새이야! 그래서 너희들이 역겹다는 거야. 네 선배들로부터 전수받았겠지.

네 선배란 것들도 거지처럼 동네방네 돌아다니면서 술 달라, 촌지 달라 구걸하는 주제에 똥 폼만 잡고 말이야. 그런 더러운 꼴로 새로 들어온 어린 아나운서 술 먹는 자리에 밤늦게 불러내서 뉴스 안 준다고 은근히 협박하고. 팔꿈치로 가슴 툭툭 건드리고 엉덩이 쓰다듬고 콘돔에다가 폭탄주 말아서 억지로 처먹이고….

이 개새이들아, 맨날 힘없는 사람 약점만 잡고 말 안 들으면 발설하겠다고 협박이나 하면서 없는 권력 있는 체하며 남발하고. 높은 놈, 돈 많은 놈들한테는 똥구멍이나 빨아주면서 살아가는 것들이 너희들이야."

마녀의 감정은 극에 달했다.

"네가 감찰을 무시하고 나간다고? 회사가 우습게 보여?"

마녀는 오른팔을 들고 주먹을 쥐었다. 나는 그 주먹이 어디로 날아올지 직감했다. 마녀가 있는 힘을 다해 나의 왼쪽 턱을 향해 주먹을 날렸다. 나는 무릎을 굽히며 피했다. 목표를 맞추지 못하면서 마녀의 몸이 균형을 잃고 내 앞쪽으로 쓰러졌다. 나는 마녀가 넘어지는 것을 막기 위해 두 손으로 그녀의 몸을 받쳤다. 순간 정적이 흘렀다. 뒤따라오던 인사부장과 후배 여직원도 놀란 눈을 한 채 얼음처럼 굳었다.

나는 마녀의 몸에서 손을 떼고 뒤로 돌아 엘리베이터 쪽으로 달려갔다. 도망치듯 달려가는 나에게 마녀가 고래고래 고함을 질러댔다. 하지만 뒤에서 들려오는 마녀의 고함보다는 '이학진'이라는 이름이 불러낸 부끄러운 기억들이 새로운 의문을 만들어내고 있었다.

7

이학진은 자신이 운영하다가 폐업한 회사 건물 안에서 피살됐다. 그의 회사는 용무산의 동쪽 숲과 신흥 아파트 단지 사이에 있었다.

5백 평 정도 넓이의 마당에는 무한궤도로 움직이는 육중한 포크레인과 바퀴가 달린 작은 포크레인이 있었다. 트럭도 한 대 세워져 있었다. 모두가 폐차 직전의 장비로 보였다. 용도가 무엇인지 모를 낡은 건설 장비와 폐자재도 여기저기 무질서하게 흩어져 있거나 쌓여 있었다.

마당 한가운데에는 경찰차 두 대가 주차되어 있었고 경찰 한 명이 승용차에서 내리는 나를 보고 있었다. 지구대에서 나온 경찰로 보였다. 마당 안쪽에는 숲을 등지고 있는 2층 콘크리트 건물이 있었다. 그 앞에는 노란색 출입금지 띠가 건물 입구를 가로막고 있었다. 로비 출입구 앞에는 진입을 금지하는 플라스틱 바리케이드가 또 한 개 세워져 있었다.

나는 건물 안으로 들어섰다.

어둡고 침침해서 귀신이 나올 것만 같았다. 로비 겸 복도 왼쪽 사무실은 양쪽 문이 안쪽으로 활짝 열려 있었다. 김이삼 형사과장과 형사 두 명이 현장을 조사하고 있었다. 오른쪽 사무실은 문이 닫혀 있었는데 문 앞에 '사장실'이라는 팻말이 붙어 있었다. 정면에는 2층으로 올라가는 계단이 있었다.

왼쪽 사무실로 들어갔다. 형사 한 명이 구석에 있는 책상 뒤에서 서랍 안을 뒤지고 있었다. 다른 형사는 책상 앞 소파에 앉아서 회사 장부로 보이는 서류들을 살펴보고 있었다. 벽 쪽에는 윗부분은 책꽂이, 아랫부분은 서랍으로 구성된 가구가 있었다. 그리고 서류함으로 사용했을 옛날식 철제 캐비닛이 벽에 붙어 있었다. 둥근 테이블과 크고 작은 가구들은 어지럽게 흩어져 있었다.

김이삼 과장은 사무실 한가운데 서서 벽을 바라보고 있었다. 그가 나를 보자 말했다.

"저 사진 좀 보세요. 선배가 다니는 방송사 사장하고 찍은 겁니다."

김 과장은 한쪽 벽에 걸려있는 사진을 턱으로 가리켰다.

사진 안에는 이학진 씨가 우리 회사 사장과 함께 ‘2’자와 ‘0’ 자가 일곱 개 적혀 있는 작은 패널을 들고 포즈를 취하고 있었다. 이학진 씨는 거구였기 때문에 사장은 상대적으로 왜소하게 보였다. 사진 하단에는 ‘실종 어린이 가족에 2천만 원 기부’라는 문구가 인쇄되어 있었다. 당시 기부 내용을 기사로 작성한 기자가 바로 나였다. 5년 전이었다.

사진이 걸려 있는 벽 아래 바닥에는 피살자의 쓰러진 위치가 표시되어 있었다.

"기억나십니까? 이학진이라는 사람."

"기억나."

"오늘 새벽 0시에서 2시 사이에 숨진 것 같다는 것이 검안의 얘긴데 국과수에 부검을 의뢰했습니다. 이 사진 앞에 쓰러져 있었습니다."

김 과장은 두 팔로 발견 당시 피살자의 모습을 취하며 설명했다.

"머리를 사진 쪽으로 향하고 엎어져 있었죠. 머리에 둔기로 맞은 상처가 있었는데 두개골이 깨졌습니다. 오른쪽 허리 아래 뒤쪽에도 칼자국이 있었습니다. 허리 부분에서 출혈이 심했습니다. 머리를 먼저 때린 건지 칼로 먼저 찌른 건지 모르겠는데, 두 상처 모두 살아있을 때 생긴 겁니다."

"머리라면 어느 부분을 맞았어?"

"거의 정수리 부분입니다."

"정수리? 정수리라…. 상의는 무엇을 입었는데? 얇은 거, 아니면 두꺼운 재킷?"

"셔츠 하나 입었습니다. 흉기는 아주 예리한 칼이랍니다."

"셔츠 허리 부분에도 칼이 뚫고 지나간 자국이 있었어?"

"없었어요. 셔츠를 들어 올리고 찌른 것 같습니다."

"그럼 정수리는 무엇으로 가격했지?"

"둔기로 했을 것으로 일단 추측은 합니다."

"둔기로 먼저 때리고 칼로 찔렀을까? 아니면 그 반대일까? 매우 꼼꼼한 사람이군. 흉기는 발견했어?"

"발견하지 못했습니다. 마당에 있는 폐자재 더미를 뒤지고는 있는데 범인이 가져갔을 가능성이 많겠죠. 버렸어도 어디 다른 곳에 버렸을 겁니다."

"과학수사팀은 벌써 철수한 건가?"

"일차 왔었는데 지금 보시는 것처럼 현장이 깨끗합니다. 시체와 피 말고는 아무것도 없었어요. 다투거나 저항한 흔적이 보이지 않았습니다. 발자국도 없습니다. 머리카락 하나 없었습니다."

"누가 신고했는데?"

"이학진 씨 부인이 오늘 아침 8시쯤 발견하고서 먼저 119에 신고하고 그러고 나서 112에도 신고했습니다. 여기 지구

76

대에서 출동해서 보니까 부인은 실성한 상태로 저곳 소파에 앉아 있었고 119 요원들은 경찰을 기다리고 있었답니다."

"부인 진술은 들어봤어?"

"남편이 어제저녁 9시쯤에 이곳에 간다고 하면서 나갔답니다. 늦게까지 집에 들어오지 않아서 남편이 이곳 사무실에 들른 뒤 한잔하는 줄 알고 먼저 잤는데 아침에 일어나서 보니까 남편이 들어오지 않았답니다."

"폐업한 후에도 이 공장 부지를 팔지는 않았던 모양이지?"

"네, 이곳 부동산을 계속 소유하고 있었습니다."

"재개발 때문에 그런 건가?"

"그렇겠죠. 음, 어디까지 얘기했죠? 아, 그러니까 부인이 전화를 수십 번 해도 이학진 씨가 받지 않았답니다. 평소에는 아무리 술을 많이 마셔도 새벽에는 꼭 들어왔답니다. 뭔가 낌새가 이상해서 가만히 생각해보니까 남편이 이미 폐업한 회사에 간다고 한 것이 이상하더라는 겁니다. 그래서 이곳으로 달려왔답니다."

"달려왔다고? 집이 근처인가?"

"승용차를 몰고 왔어요. 집이 강남이랍니다."

"그렇다면 죽은 이학진 씨는 뭘 타고 이곳으로 온 거야?"

"집에서는 걸어서 나왔습니다."

"CCTV는 확인해 본 거야? 그 집과 이곳 회사 두 곳 모두."

"이학진 씨는 집에서 나갈 때 아파트 CCTV에 찍혔어요. 걸어서 집에서 나갔습니다. 이곳에는 CCTV가 없습니다. 요 앞 아파트 단지로 나가야 CCTV가 설치돼 있습니다. 이학진 씨가 이곳에 들어오는 모습은 아직 찾지 못했습니다."

"전화 통화 내역은 없어?"

"지금 분석하고 있습니다. 부인, 그리고 몇 사람과 나눈 통화 내역 말고는 별 게 없습니다. 좀 더 조사해봐야 할 것 같습니다."

"소지품은 그대로 있었고?"

"지갑은 그대로 있었습니다. 부인 애기로는 지갑 말고는 갖고 나간 게 없답니다. 범인은 아무것도 건드린 게 없어요. 죽이기만 했습니다. 그런데, 지금 장면 누가 보면 선배가 경찰 간부고 제가 지시받는 형사 같다고 하겠네요."

"잠깐. 옆 사무실과 2층도 수색했나?"

"이미 다 했어요. 버려진 가구나 잡동사니 말고는 아무것도 없습니다."

"내가 봐도 되겠지?"

"지금은 곤란합니다. 여기 형사들이 함께 있어서."

"그럼 다음 기회에 봐야겠네."

다음에 보겠다는 내 말에 김이삼 형사과장은 살짝 미소를 지었다. 그의 미소를 보면서 한 가지 더 물었다.

"부인 모습은 어땠어?"

"실성한 모습이었습니다."

"옷차림이나 신발은 어땠나?"

내 질문에 김이삼 과장은 책상 서랍을 조사하던 젊은 형사에게 물었다.

"이 형사, 피살자 부인과 얘기했잖아. 뭘 입고 있었지? 구두를 신었던가?"

이 형사가 고개를 돌려 김이삼 과장을 보면서 말했다.

"바지를 입었는데 몸에 달라붙는 거 있잖습니까? 그리고 위에는 셔츠에 등산용 재킷을 걸쳤습니다. 신발은 등산화 같기도 하고 운동화 같기도 하고, 그런 걸 신었습니다."

나는 이 형사를 계속 쳐다보았다. 내 눈빛이 질문하는 것을 느꼈는지 그는 말을 이어갔다.

"젊어 보였고 예쁘장했어요. 아담하고 호리호리하고 머리는 길었습니다."

이 형사의 설명이 끝나자 김이삼 과장은 나를 보면서 웃으며 말했다.

"요즘 새로 들어오는 친구들은 관찰력이 뛰어납니다."

"그렇군."

"선배, 10년 전에 실종됐던 아이들이 유골로 발견되고 그

다음 날 새벽에, 실종된 아이들 부모에게 2천만 원을 기부했던 사람이 폐업한 자신의 회사에서 살해됐습니다. 뭐 짚이는 거 없습니까?"

"당장은…. 하지만 우연이라고 보기에는 이상해."

나는 '우연'이라고 말했지만 정말 이상한 것은 살해 방법이었다. 이학진 씨는 공사판에서 잔뼈가 굵은, 체격이 건장한 남자였다. 만일 퍽치기나 강도였다면 격투의 흔적이 조금이라도 남아있을 것이다. 경찰은 격투의 흔적을 발견하지 못했다. 지갑도 그대로 있다. 그런데 가해자가 피해자 뒤에서 일격을 가했다. 그리고 앞으로 쓰러져 있는 그의 셔츠를 들어올린 뒤 예리한 칼로 허리 부분을 찔러서 출혈을 유발했다.

가해자 입장에서 보면 매우 깔끔하게 피해자를 살해하고 유유히 사라진 것이다. 영화에서나 볼 수 있는, 비현실적인 킬러의 수법이었다. 이학진 씨가 경계를 풀었다면 피살자와 살인자는 서로 아는 사람일 것이다. 아니면 어딘가 숨어 있다가 몰래 다가와 살해했거나.

피살자의 상태가 경찰 설명대로라면 원한에 의한 살인도 아닐 가능성이 높다. 머리 한 방에 허리에 칼, 이럴 경우 살인의 목적은 말 그대로 생명을 뺏기 위한 것이 유력하다.

"선배, 그러잖아도 큰 사건이 더 커지는 거 아닙니까?"

"엄청나게 커지겠지."

"이 사건도 똘똘 말아서 시경으로 넘겨야겠네요."

"책임 회피할 생각 말고 범인 잡을 생각을 해야 하는 것 아닌가?"

김 과장은 동그란 해리포터 안경 너머로 나를 보며 의미심장하게 미소 지었다.

"누가 안 잡는데요? 일단 시경에 이학진 씨가 누구라는 것을 보고하고 공조 수사를 하겠다는 거죠. 잔소리하지 말라고 했죠."

나는 김이삼 과장과 헤어진 뒤 보도국으로 차를 몰았다. 내 머릿속에서는 이학진 씨가 등장했던 그 사건이 빠른 속도로 재생되고 있었다.

5년 전, 지금과 같은 늦가을이었다. 나는 시경 캡이었다. 그때 동촌경찰서를 출입하던 박수정 기자로부터 긴급한 보고가 왔다.

한 방송사 PD가 G대학 심리학과 교수를 데려왔는데 이 교수 주장이 황당하다는 것이었다. 그래서 세 어린이 실종 사건 내용을 잘 아는 캡이 수사본부로 와서 직접 인터뷰하는 것이 좋겠다고 했다. 나는 박 기자의 말을 듣고 당시 본부로 바로 달려갔다.

특별수사본부에는 소속 경찰이 모두 소집되어 있었다. 지휘부 쪽에서는 당시 본부장이던 시경 차장, 그리고 동촌경찰서 서장, 정인철 형사과장이 한자리에 모여 심각한 표정으로 회의를 하고 있었다. 동촌서 출입 기자들도 모두 출동한 것 같았다. 본부에 들어선 나에게 박수정 기자가 조용히 다가와 구석으로 이끌었다.

박수정 기자는 공공기관에서 일하다가 방송사 기자로 들어왔는데 무슨 시험이든 치기만 하면 모두 합격했다는 소문이 있었다. 내 후배지만 어떤 때는 선배 같다는 느낌을 많이 받았다. 청바지에 헐렁한 재킷을 걸치고 다녔는데 비디오, 오디오가 모두 좋아 언젠가는 뉴스 앵커를 할 재원이라고 인정받았다.

"캡, G대 심리학과 이가웅 교수라고 하는 사람인데, 아이들이 암매장됐다고 주장하고 있어요."

"뭐?"

"그런데 암매장 장소가 더 황당해."

"어딘데?"

"쌍둥이 자매 집이래."

"뭐?"

"또라이 아저씨 같은데 신분이 심리학과 교수이고 M 방송사 PD가 옆에서 바람 잡으면서 워낙 진지하게 얘기하고 있어서 그런지 경찰이 무시하지 못하는 거 같아요. 지금 어떻게 할지 회의하고 있어요."

"누가 아이들을 암매장했다는 거야? 그리고 경찰은 뭘 결정하려고 회의를 한다는 거야?"

"누가 암매장을 했다고 하는지는 물어봐야 할 것 같아요. 경찰이 회의를 하는 건 쌍둥이 자매의 집을 파 볼까 말까 결정하기 위한 거래요."

"이거 원, 그 교수 어디 있어?"

"저기 반대편에 보이죠? 검은색 양복을 입은 남자요. 옆에 있는 저 레인 코트 입은 친구가 M 방송사 PD고요. 비도 안 오는데 레인 코트 하고는…."

"저 PD는 저 교수하고 도대체 뭘 하려는 거야?"

"특집 프로그램을 만들려고 하겠죠. 그 옆에 있는 저 어벙하게 생긴 놈이 M 방송사 기자예요. 재는 이제 2년 차래요. 저처럼 여기 동촌경찰서 출입하고 있어요. 세 아저씨들 모습이 꼭 얼간이 삼 형제 같죠? 킥킥킥…."

박수정 기자가 다른 사람 홍보하는 모습은 처음 보았다. 코미디 같은 해프닝이라고 생각했기 때문인지 상황을 가볍게 보고 있었던 것 같았다. 나에게 속마음을 얘기하는 박 기자의 모습은 친근하게 느껴졌다. 사무실 밖 현장에서 후배 기자를 만나는 것도 새로운 느낌이었다. 무엇 때문인지 모를 불안감이 있었지만 나도 지금 펼쳐진 상황이 흥미롭다고 느겼다.

나는 박 기자와 함께 이가웅 교수에게 갔다.

조용히 그에게 밖으로 나가서 잠시 얘기하자고 요청했다. 이가웅 교수는 주저하다가 M 방송사 PD에게 눈짓으로 허락을 받은 뒤 우리와 함께 본부 밖으로 나왔다.

그에게 내가 먼저 질문했다.

"쌍둥이들이 자기 집에 암매장됐다는 근거가 뭡니까?"

그는 나와 박 기자를 번갈아 보더니 명함을 한 장씩 달라고 해서 받은 뒤 주머니에 넣었다. 그리고는 조심스럽게 말을 꺼냈다.

"제가 몇 년 동안 관련 자료를 검토하고 내린 결론입니다."

"자료를 검토하셨다고요? 어떤 자료를 검토하셨습니까? 제보로 받으신 자료인가요? 아니면 탐지기로 땅속을 조사하셨습니까?"

"가해자의 심리 상태를 분석한 겁니다."

이가웅 교수의 대답에 이번에는 박수정 기자가 질문했다.

"가해자라면 누굴 말씀하시는 거죠?"

"쌍둥이 아버지입니다."

박수정 기자는 입을 다물지 못했다. 10초 후에 박 기자의 질문이 이어졌다.

"나인수 씨 말씀하시는 건가요, 쌍둥이 자매 아빠요? 나인수 씨의 심리 상태를 어떻게 분석하셨나요? 나인수 씨가 교수님 분석 결과에 동의하셨나요?"

"아뇨."

"그렇다면 나인수 씨가 자신의 쌍둥이 딸들을 암매장했다고 보시는 이유가 뭐죠?"

"제가 사실은 전부터 이곳에 와서 동정을 살폈습니다. 가족들하고도 많은 이야기를 했죠. 그런데 가족들 태도가 너무 수상했습니다. 예를 들어 제가 잠시 화장실로 들어갔을 때 쌍둥이 아빠도 옆 화장실로 따라 들어왔어요. 그 집 화장실은 마당에 두 개가 서로 붙어 있잖아요. 정말 이상하지 않습니까? 그게 바로 불안한 심리 상태를 반영하는 겁니다."

그 말에 나도 박수정 기자처럼 이가웅 교수를 또라이로 생각했다. 이번에는 내가 질문했다.

"화장실에는 왜 들어가셨던 겁니까?"

"그 화장실에 뭔가 단서가 있다고 본 거죠."

"어떤 단서가 화장실에 있었습니까?"

"그건 모르죠. 어떤 단서든 뭔가가 있다는 생각에 화장실에 들어가니까 저를 감시하려고 옆에 붙은 화장실로 쌍둥이 아빠가 따라 들어와서는 저의 움직임에 귀를 기울인 게 핵심이라는 거죠."

그때 갑자기 나타난 남자가 이가웅 교수의 멱살을 잡았다.

쌍둥이 아빠 나인수 씨였다. 수척해진 얼굴에 마른 몸매가 애처롭게 보였지만, 멱살을 잡은 두 손은 풀 수 없는 자물쇠처럼 보였다. 술 냄새를 풍겼고 흥분해 있었다.

"좋아, 당신 말대로 우리 집에 애들이 암매장되어 있는지 파 봐. 대신 아무것도 안 나오면 당신이 책임져야 해. 알았어?"

나인수 씨는 이가옹 교수의 멱살을 놓고 본부 안으로 들어가려고 했다. 나는 재빨리 나인수 씨의 팔을 잡았다.

"아버님, 이가옹 교수와 따로 얘기하신 적 있습니까?"

"저 사람 완전히 미친 사람 아닙니까? 얼마 전부터 우리 집 주변을 계속 맴도는 겁니다. 왜 그러냐고 했더니 범인 잡는 데 도와준다고 하더라고요. 우리 애들이 행방불명된 것은 맞는데 죽기라도 했냐고 물어봤더니 그때부터 죽었는지 어떻게 아느냐고 하면서 계속 저를 쫓아다니더라고요. 화장실에 뭐가 있다고 하고 방구들 밑에 뭐가 있다고 하면서 말입니다. 미친놈입니다, 미친놈."

"자신이 화장실에 들어가니까 아버님도 쫓아 들어가셨다고 하면서 왜 그랬는지 의심이 간다고 하던데요, 뭐 느끼신 것은 없습니까?"

"하도 이상한 짓을 많이 해서 화장실 들어갈 때 옆 화장실로 들어가서 저 사람 뭐 하고 있나 살펴본 겁니다."

나인수 씨는 이가웅 교수를 째려보면서 수사본부 안으로 들어갔다.

잠시 후 수사본부는 나인수 씨 집을 파기로 결정했다. 수사본부 형사들과 기자들이 쌍둥이 자매의 집으로 이동할 때 박수정 기자가 이가웅 교수에게 다가가서 물었다.

"교수님, 쌍둥이 아빠가 애들을 죽였다면 도대체 왜 죽였고, 어떻게 아무도 모르게 집 안에 암매장한 거죠? 쌍둥이 엄마, 할머니, 동네 사람들도 모르게 어떻게 집을 파서 묻고 다시 흔적 없이 덮었다는 거죠? 동기도 딸한테 원한을 품었을 리도 없고, 자기 자식을 죽여서 무슨 이익을 보는 것은 더욱더 아닐 거고, 쌍둥이 말고도 애들 친구인 유동구도 있었잖아요? 쌍둥이 아이들 친구도 함께 죽었다는 겁니까, 이유 없이요?"

"그건 암매장된 아이들이 발견되면 자백하겠죠. 문제는 아이들 아빠가 왜 이상한 행동을 보였느냐는 겁니다."

경찰이 방구들과 마당 파기 작업을 추진하자 이때부터 우리에게 문제가 생겼다. 나는 당시 사회부장에게 이 사실을 알리고 리포트로 제작하겠다고 의견을 냈다.

잠시 후 사회부장으로부터 연락이 왔다. 사회부장은 보도국장과 편집부장뿐만 아니라 다른 부장들과 함께 회의한 결과 리포트보다는 생중계하자는 결론을 내렸다고 했다. 그러면서 중계차를 보낼 테니 뉴스 시간에 방구들 파는 장면을 현장에서 생중계하라고 했다. 중계차 PD는 박수정 기자에게 맡기고 실종 사건의 내용을 잘 알고 있는 내가 직접 현장 리포터로 참여하는 것이 좋겠다고 했다.

생중계 지시를 전달하자 박수정 기자는 절대로 지시를 따를 수 없다면서 격렬하게 반대했다. 평소 논리적이고 이성적인 기자의 상징처럼 여겨지던 박수정 기자가 그처럼 강하게 감정적으로 항의하는 모습 또한 그날 처음 보았다. 집 파기 작업은 해프닝으로 끝날 것이고 죽지 못해 사는 가족들은 이루 말할 수 없이 큰 상처를 받을 것이라는 게 박수정 기자의 생중계 반대 이유였다.

박수정 기자는 경찰이 가족들 가슴에 못 박는 일에 언론사가 얹혀 가면 안 된다고 했다. 또라이 한 놈 때문에 언론사가 휘둘리면 두고두고 웃음거리가 될 거라고도 했다. 심리학자인지 심령술사인지 모를 또라이에게 휘둘리는 한심한 경찰, 그 때문에 찢어지는 가족들의 심리상태에 초점을 맞춰서 리포트 완제품을 제작해 보도하자고 했다. 그래야 경찰이 정신 차린다고 했다.

하지만 당시 나는 보도국 지시를 무시할 수 없다고 판단했다. 데스크들의 지시를 정면으로 거부할 용기가 없었다. 또 생중계를 하겠다고 부장에게 이미 대답했다. 우선 생중계로 사실을 그대로 보도하고 해프닝으로 끝난 결과를 보고 경찰 수사를 비판하자고 박 기자를 설득했다. 그러나 박 기자는 만일 생중계를 강행한다면 다시는 나를 선배로 보지 않겠다고 했다. 부서도 옮겨 달라고 하겠다고 협박했다. 박 기자의 완강한 태도가 나를 궁지에 몰고 있다고 생각했다.

중계차가 쌍둥이 집 앞에 도착했다. 박수정 기자는 불만이 가득한 상태로 중계차 안으로 들어가 두문불출했다. 나 혼자 버려두고 현장을 이탈하지 않을까 겁이 났지만 뉴스를 펑크 내지는 않아야 한다고 생각했던 것 같다. 나는 중계차 스태프들과 카메라와 조명 위치를 정하고 모니터 놓을 곳을 협의했다. 스태프들이 작업을 하면서 나에게 질문했다.

"김 기자, 아이들이 집에서 매장된 거 맞아?"

"박수정 기자는 왜 저러고 있어?"

바퀴 달린 포크레인이 한 대 왔다. 벽을 허물었다. 어디선가 울부짖는 소리가 들렸다. 쌍둥이 자매 엄마와 할머니였다. 아빠 나인수 씨는 모습을 보이지 않았다.

오후 5시 뉴스가 시작됐다. 내가 톱으로 중계차와 스튜디오를 연결해 리포트를 했다. 이가웅 교수의 주장과 가족의 입장, 경찰의 결정, 그리고 지금 포크레인으로 방구들을 파고 있다는 소식을 생생하게 전달했다. 속보는 저녁 종합뉴스 때 이어진다고 예고했다.

저녁 종합뉴스에서는 포크레인으로 방구들을 2미터까지 판데 이어서 마당도 2미터 이상 파 보았지만, 아무것도 발견하지 못했다고 보도했다. 한 심리학과 교수와 이에 휘둘린 경찰이 있을 수 없는 해프닝을 만들었고 가족들은 교수와 경찰에게 거세게 항의했다는 점을 강조해서 보도했다.

중계차 안에서는 박수정 기자가 석 대의 카메라가 촬영하는 그림 가운데 적절한 그림을 선별해서 뉴스 부조로 보내는 방식으로 생중계 뉴스를 연출했다. 나중에 녹화된 현장 생중계 리포트를 보니 박수정 기자는 가족들의 울부짖는 모습을 단 한 컷도 잡지 않았다.

뉴스가 끝나자 박 기자는 아무에게도 수고했다는 인사를 하지 않고 퇴근해버렸다.

다음 날 출근하자마자 곧장 사회부장에게로 가서 부서를 옮겨달라고 했다. 허가가 나지 않자 곧바로 휴가를 냈고 며칠 뒤 육아휴직 명목으로 회사를 나오지 않았다.

나는 다음 날 아침 쌍둥이 자매 집으로 갔다. 또라이 한 놈 때문에 얼마나 마음고생이 심했느냐고 가족들을 위로하기 위해서였다. 벽은 허물어져 밖에서 집 안이 다 들여다보였다. 구들이 깊게 파인 안방이 보였다. 나소영, 나인영 쌍둥이 아빠와 엄마, 할머니, 그리고 함께 실종된 유동구의 엄마와 아빠, 동네 주민 몇 명이 넋을 놓고 마당에 쭈그려 앉아 있는 것이 허물어진 벽 사이로 보였다.

아침인데 언제부터 앉아 있었을까?

집 대문 쪽으로 돌아갔다. 과일이라도 사 온다는 것을 깜박했지만, 다시 돌아 나갈 수도 없어 그냥 마당에 들어섰다.

쌍둥이 아빠 나인수 씨가 주저앉은 상태에서 집 마당으로 들어선 나를 물끄러미 올려다보았다. 눈은 시뻘겋게 충혈되어 있었다. 엄마 이계진 씨는 머리를 숙이고 있었다. 할머니 조원희 씨는 처음에는 나를 몰라봤다가 자주 인터뷰했던 기자인 줄 알고는 노려보기 시작했다.

동구 아빠 유한성 씨는 포크레인으로 파헤쳐진 마당 한가운데를 바라보고 있었고 엄마 이연우 씨도 턱을 무릎에 괴고 깊게 패인 마당에 시선을 고정하고 있었다. 동네 사람들은 아이들 엄마와 할머니 옆에서 그들의 어깨를 안거나 등을 토닥거리며 위로하고 있었다.

"아버님, 어제 고생 많으셨죠? 그 교수는 도망갔습니까? 사과하던가요? 피해 보상을 단단히 받으셔야 할 겁니다. 경찰한테도 받으셔야 해요. 어제는 어디서 주무셨습니까?"

내 말이 떨어지는 순간 마당에 앉아있던 모두가 나를 올려다보았다. 그들은 나를 쳐다보는 것 말고 그 어떤 반응도 보이지 않았다. 집 안에 있는 모든 것이 정지되었다. 공기의 움직임과 숨소리마저 멈춰졌다.

가족의 표정은 살아있는 사람의 것이 아니었다.

나는 공포심을 느꼈다. 가족들에게 테러를 당할지도 모른다는 식의 공포가 아니었다. 내가 기자로서 생각해온 모든 것이 실체가 없었다는 것을 놀랄만한 속도로 깨닫게 된 데 따른 공포심이었다.

그 순간 나도 살아있는 사람이 아니었다.

그 후 나는 그들의 표정, 그들의 모습, 그 집, 그 방, 그 마당, 그 화장실의 기억에서 탈출하기 위해 안간힘을 다했다. 다른 기억들과 뒤섞어버리거나 조각내어 털어내려고 애썼다. 하지만 그 기억은 꿈에서도 끊임없이 되풀이되었다.

동료 기자들이 간혹 또라이 교수 사건을 술안주로 꺼낼 때면 나는 '정말 웃기는 일이었다'며 3자 화법을 썼다. 이가웅 교수, 당시 수사본부 지휘부, M 방송 PD와 기자까지 가볍게 비난하면서 화제를 돌렸다. 그런 나의 대답을 들은 동료 기자들이 당시 현장을 생중계한 나에 대해서 어떤 생각을 할지는 굳이 생각하지 않았다.

당시 포크레인을 가져와서 벽을 허물고 방구들과 마당을 파헤치는 작업을 수사본부로부터 의뢰받았던 전문건설업자가 바로 오늘 새벽 피살된 이학진 씨였다.

건설업자인 그는 일주일 만에 집을 원상태로 복구한 뒤 가족에게 전해달라며 방송사에 와서 2천만 원을 기부했다. 2천만 원은 집을 허물고 복구하는 데 들어간 비용으로 수사본부로부터 받은 경비였다.

그날 저녁 나는 그의 기부금 전달 내용을 스트레이트 기사로 작성해 보도했다. 아이들 가족이 이학진 씨의 기부금을 거부했다는 사실은 한참 뒤에 알았다. 이학진 씨는 최근까지 용무산 주변 지역 개발 사업에 참여하고 있었고 얼마 전 폐업했다.

쌍둥이 아빠 나인수 씨는 방구들과 마당 파기 사건이 있었던 그 해가 지나가기 전에 심장마비로 숨졌다. 일주일 뒤 엄마 이계진 씨도 심장마비로 숨졌다. 모두 건넌방에서 숨졌다. 포크레인으로 파헤쳐졌던 안방은 사용하지 않았다.

부부는 아이를 찾아달라는 전단을 돌리고 피곤한 몸으로 들어와 자리에 누웠다. 다음 날 새벽에 남편이 숨을 쉬지 않는다고 부인이 신고해서 119가 출동했지만, 남편은 깨어나지 못했다.

부인 이계진 씨가 숨진 것은 할머니가 발견해 신고했다. 두 사람의 심장이 왜 갑자기 마비됐는지 의사들은 이유를 알아내지 못했다. 할머니는 동네 사람들에게 아들과 며느리가 화병 때문에 죽었다고 말했다.

정인철 형사과장은 그 사건 이후 말수가 더 적어졌다. 기자들과 소통을 기피했다. 이후 특별수사본부는 특별수사반으

로 축소 운영되었다. 정인철 과장은 그 이듬해 봄까지 수사
반장으로 일하다가 옷을 벗었고 정 과장이 나간 뒤 특별수사
반도 유명무실해졌다.

박수정 기자는 휴직 기간이 지나도 회사로 복귀하지 않았
다. 5년 전 사건이었다.

8

주차장에 도착했을 때 '환희의 찬가'가 울렸다. 캡의 전화
였다.

"선배님, 부장이 그러던데 선배님이 가족 스토리를 리포트
하기로 했다면서요?"

"그랬는데 지금 어려울 것 같아. 부장한테 얘기해서 다른
기자에게 시키면 좋겠어."

"그러세요? 민수가 오늘 리포트가 없는데 얘기해 보겠습니
다. 그런데 부장이 가만히 있을까요?"

"지금 회사에 도착했는데 아무래도 경영국에 가봐야 할 것
같아. 아까 감찰인가 뭔가를 받다가 나갔거든."

"그런 평계가 있었네요. 그렇다면 부장한테 통할 거 같습
니다. 부장하고 민수한테 얘기하겠습니다."

핑계라고 콕 집은 캡이 알미웠다.

캡은 내 후배라서 나를 불편하게 여길 수밖에 없었다. 그래서 내 눈치를 보는 경우도 있지만, 결국엔 부장 지시만 따르기 때문에 나는 캡이 줏대 없다고 생각했다. 어쨌든 내가 하려던 실종 어린이 가족 관련 리포트를 피할 수 있어서 다행이었다.

환희의 찬가가 다시 울렸다.

이번에는 민수였다. 민수는 나를 항상 '부장'이라고 호칭했다. 내 동기들이 대체로 부장 보직을 하고 있었기 때문이다.

"부장님, 사회부장님이 감찰을 잘 받고 오시래요. 가족 리포트는 저더러 하라고 하세요."

사회부장의 심보를 민수는 담담하게 표현했다.

"그럼 그렇게 해. 민수야, 오승훈 기자가 세 어린이 실종 사건 자료 그림을 모두 모았어. 하지만 양이 너무 많아서 다 볼 수 없을 거야. 10년 전 실종 사건 발생했을 때 경찰이 용무산을 수색하는 그림만 찾고 다른 그림은 굳이 찾을 필요 없어. 개별 사건들이니까.

'용무산마을 세 어린이 실종 사건'이라는 제목의 큰 폴더 안에 가족 동정만 담은 별도의 폴더가 들어 있을 거야. 그중에서 10년 전 촬영한 가족 그림만 찾아봐. 가족들이 경찰과 함께 용무산을 수색하는 그림하고 트럭에 전단 붙이고 시장에서 아이들 찾아달라고 호소하는 그림, 초등학교 졸업식 그림, 그리고 실종 어린이 노래 부르는 가수 그림하고 실종 어린이 영화 촬영하는 그림, 그 정도만 찾아."

"실종 어린이 노래하고 영화도 나왔어요?"

"그랬지."

"아, 그런 것도 있었네요. 그 노래하고 영화 촬영 그림은 각계각층에서 여러 방법으로 아이들을 찾기 위한 노력을 했다는 의미로 활용해야 하나요?"

민수의 질문에 갑자기 혼란을 느꼈다.

민수가 말한 것처럼 활용하라고 그림을 찾으라고 한 것인데 막상 민수가 물어보니까 꼭 그런 의미는 아니었기 때문이었다. 실종 어린이를 소재로 만든 노래와 영화는 제작자의 영리 목적도 있었기 때문이다.

"그 그림들은 아이 찾기 운동을 얘기할 때 이미지화시켜서 적당히 버무려 편집해. 오승훈 기자가 알아서 잘 편집할 거야."

"알겠습니다, 부장님."

"그리고 내용은, 음…, 실종 당시 처음에는 경찰이 단순 가출로 몰아간 데 대한 가족들의 당황, 분노, 경찰과 함께 용무산을 수색했던 가족들 모습, 아이들을 찾지 못한 데 따른 절망, 생업을 팽개치고 전국을 돌며 아이를 찾아달라고 하는 가족들의 호소, 졸업식에 참석하지 못한 가족들의 슬픔, 아이를 찾기 위한 여러 시도에도 불구하고 아무런 단서도 얻지 못한 데 대한 가족들의 실망, 쌍둥이 자매 부모의 죽음, 그리고 최근에 유골을 발견했으니 이제는 범인을 잡아 아이들의 한을 풀 수도 있겠다는 마지막 희망, 이런 식으로 리포트를 구성하면 되지 않을까 해. 너무 세밀하게 얘기하면 길어질 거야."

"예, 방금 불러주신 거 다 메모했어요. 부장님 말씀 그대로 구성하면 될 것 같아요. 인터뷰는 돌아가신 가족 것을 찾아서 쓸게요."

"민수야, 돌아가신 가족 인터뷰는 쓰지 않는 게 좋을 것 같아. 동구 아빠 유한성 씨가 아이들 찾아달라고 호소할 때 따놓은 인터뷰가 여러 개 있어. 시장에서 확성기 들고 외칠 때 딴 싱크(인터뷰와는 달리 카메라에 달린 마이크를 통해 녹음된 말소리)도 있고. 그중에서 하나 쓰면 될 거 같아."

"아, 예, 알겠습니다, 그리고 부장님!"

민수는 잠시 머뭇거리더니 말을 이어갔다.

"감찰은 잘 받으십시오. 저와 관련된 부분은 부장님께서 저를 격려하신 거라고 아까 경영국장님께 말씀드렸어요."

경영국에 간다는 이유로 리포트 제작에서 빠졌지만, 그렇다고 마녀를 만나러 갈 생각은 없었다. 나는 로비 카페에서 걸음을 멈췄다. 구석진 곳에 있는 테이블에 벽 쪽을 보고 자리를 잡은 뒤 노트북을 꺼냈다.

실종 어린이 관련 폴더를 열고 자료들을 하나씩 찾아 읽었다. 당시 보도 자료는 거의 매일 나왔지만, 숫자만 업데이트한 것이 대부분이었다.

내가 썼던 기사와 함께 다른 신문 기사들도 찾아보았다. 셀 수 없을 만큼 많은 사건이 벌어졌다. 관련 기사들도 많았다. 백 명이 넘는 사람들이 용의선상에 올랐다. 그 가운데 몇 명은 체포된 적도 있었다.

내 앞에 누군가 앉았다. 앞에 앉은 누군가가 커피를 나에게 밀었다. 여성의 손이었다. 처음에는 마녀라는 생각이 들어 가슴이 철렁했다. 하지만 풍기는 분위기가 마녀는 아니었다. 커피를 준 주인공은 계속 말이 없었다.

나는 조심스럽게 고개를 들었다. 지가영 작가였다. 지가영 작가는 보도국에서 시사토론 프로그램을 1년 동안 담당한 적이 있었다. 내가 그 프로그램을 연출할 때였다. 지금 그녀의 눈빛으로 볼 때 나를 경멸하는 것은 아니었지만, 그렇다고 호의적인 눈빛도 아니었다.

"커피, 잘 마실게요."

"……."

"…."

"저한테 하실 말씀 없으세요?"

"아, 제대로 설명하지 못했지만, 그날 지가영 씨가 본 그림은 포르노가 아닙니다. 제가 몰래카메라로 촬영해서 저장한 자료 그림이었어요. 저도 모르게 플레이된 겁니다. 이 노트북이 오래돼서 자기 맘대로 켜지고 또 꺼지고 그래요."

"화면에 찍힌 여성의 다리, 어두운 장소, 멋지던데요."

지가영 작가는 나에게 누구를 비난한 적이 없었다. 하지만 지금 나에게 던진 말투는 평소 지가영 작가가 쓰는 것이 아니었다. 어떻게 해야 할지 당황스러웠다. 나는 알아들을 수 있게 설명해야 한다고 생각했다.

"일부러 하체에 카메라를 고정한 건 아니었어요. 상대가 알아차리지 못하게 몰래카메라를 사전에 설치해 놓았거든요. 어쩌다 보니 그 각도로 그림이 잡힌 겁니다. 그렇다고 공개할 수도 없는 상황입니다. 내용이 너무 중요하고 예민해서요. 또 몰래 촬영을 해서 불법이고요."

"…."

"경영국장이 저를 얽어매려고 하는 거 잘 아시죠? 나중에 사실대로 말씀해 주시면 고맙겠어요."

"오늘 경영국장님께서 저를 보자고 하셔서 다 설명해 드렸어요."

"그렇군요."

나는 지가영 작가가 경영국장에게 어떻게 설명을 했는지 물어볼 수가 없었다. 그녀는 말을 조곤조곤 이어갔다.

"경영국장님은 앞으로 방송사 구조조정이 심할 거라고 하셨어요."

"…."

"김 기자님은 평소 동료들에게 잘 대해주세요."

"…."

"제가 전에 새로 사 드린 셔츠는 입어보셨어요? 김 기자님께 실수로 커피를 쏟아서 너무 죄송했는데."

"예? 아, 잘 맞습니다. 오늘은 다른 셔츠지만."

그녀는 커피를 들고 조용히 일어섰다. 그리고 차분하게 들릴 듯 말 듯한 목소리로 말했다.

"김 기자님은 항상 바쁘신 거 같아요. 여러 곳에 신경을 많이 쓰시니까 어쩌면 중요한 걸 놓칠 때도 있죠. 어머, 어머, 이걸 어떻게!"

그렇게 작은 비명을 지른 지가영 작가는 1초쯤 뒤에 내 노트북과 셔츠에 자신이 들고 있던 커피를 뿌렸다. 그리고 당황하는 표정으로 도망가듯이 허둥지둥 사무실 쪽으로 뛰어갔다. 평소 잘 입지 않는 투피스 정장 차림이었다.

지가영 작가는 전에도 비명을 먼저 지르고 0.5초 뒤 내 셔츠에 커피를 뿌린 적이 있었다. 미안하다면서 셔츠를 새로 사 들고 영상편집실까지 찾아온 그날 결국 사달이 났다. 나는 멍한 상태로 그녀가 사라지고 남겨놓은 빈 공간을 바라보고 있었다.

핸드폰으로 문자가 왔다. 발신자는 저장 되어 있지 않은 번호였다. 열어보았다. 인사위원회 날짜와 시간이 적혀있었다. 반드시 출석해서 진술하라는 요청도 있었다. 나에게 질문을 던졌던 인사부 여직원이 보냈을 것이다.

나는 지가영 작가가 경영국장에게 어떻게 얘기했는지 알 수 없어 불안감을 떨칠 수가 없었다. 그러면서 지가영 작가가 의도적으로 강조한 '방송사 구조조정'이라는 단어도 마음에 걸렸다.

환희의 찬가가 울렸다. 라디오에서 '시사광장' 프로그램을 연출하고 있는 최강미 PD였다.

그녀는 외모만 빼놓고 의지, 성격, 말투 등 모든 것이 강해서 방송사 누구도 함부로 대하지 못했다. 논쟁이 벌어지면 모두가 슬슬 피했다. '시사광장'은 최근 이슈를 놓고 전문가를 전화로 연결해서 진행자와 토론하는, 출근 시간 청취자를 겨냥한 시사 프로그램이다.

"선배, 요즘 잘 지내시죠?"

"잘 못 지내."

"하하…. 맞네, 고생이 많으시네."

"웬일이야? 출연하라고?"

"빙고! 낼 아침 출연 좀 해주세요."

"왜, 나야? 캡한테 얘기해."

"걔는 안 돼요. 선배 말고는 사건을 제대로 아는 사람이
없어요."

"옛날에 너도 실종 사건 특집 만들지 않았어?"

"그렇다고 연출하는 내가 출연할 수는 없잖아요. 여러 소
리 말고 출연하세요.

1번, 유골 발굴 관련 팩트. 2번, 발견 후 수사 속보. 3번,
어떻게 수사 방향을 잡아야 하는가? 3번은 개인적인 견해로
하세요. 4번, 수사상 과거의 문제점과 과거의 문제점에 비추
어 본 지금의 문제점. 시간이 남으면 5번, 유족 근황. 10분만
하세요. 톱으로 갈 거예요.

선배가 대답하는 동안에도 의문 나는 점들은 유진 아나운
서가 추가 질문할 거예요. 신경 안 쓰게 알아서 해주세요. 내
일 라디오 주조로 바로 오세요. 적어도 20분 전에 오셔야 하
는 거 아시죠?"

최PD는 내 대답을 들을 필요가 없다고 생각한 모양이다.
자기 할 말만 하고 전화를 끊었다.

사실 출연을 제의받는 기자들은 아무도 거부하지 못했다. 휴가 간 기자는 전화로라도 연결해야 했다. 못 하겠다는 대답을 한다는 것은 직무유기라는 비난을 받을 소지가 다분하기 때문이다.

　나는 노트북 자판에 묻은 커피를 휴지로 훔치면서 머릿속으로는 내일 아침에 어떻게 얘기해야 할까 구상했다. 그러다가 컴퓨터 화면에 떠 있는 자료에 눈이 갔다. 1단짜리 신문 기사였다. 3년 전에 보도된 것이었다.

　그 신문 기사는 이학진 씨가 지역 전문건설업체조합 이사장으로 선출됐다는 내용, 그리고 이학진 씨는 용무산지구 재개발 사업으로 큰 성공을 거두고 있다는 내용을 담고 있었다.

　나는 노트북을 가방에 넣고 자리에서 일어섰다.

Ⅲ. 사운드바이트

리포트를 구성하는 인터뷰, 싱크, 현장음
때로는 현장에서 자연스럽게 녹음된 연설, 회의 발언, 취재
대상의 말 같은 싱크가 보도의 신뢰성을 높인다

9

늦가을 해는 일찍 기울고 주위는 벌써 어두워졌다.

나는 차를 아파트 단지 앞 도로 가에 주차했다. 도로 가에
는 이미 수십 대의 차량이 주차되어 있었다.

나는 차에서 내려 아파트 단지 앞 도로를 왕복했다. CCTV
카메라를 찾기 위해서였다. 아파트 단지 정문을 촬영하기 위
해서 거리 반대편에 설치된 카메라 말고는 다른 카메라가 없
었다. 아파트 단지 반대편에는 새로 생긴 상가들이 있었다.

용무산의 동쪽 재개발지역도 전에는 논과 밭이 대부분인
도농 복합마을이었다. 실종 어린이들이 살던 용무산의 남쪽
과 비교하면 부동산 가치가 떨어진다는 평가를 받았지만, 지
금은 옛 모습을 한 군데도 찾을 수 없을 만큼 거대한 신도시
로 탈바꿈했다. 실종 어린이 집 주변이 개발되지 않아 일부

가 자연부락으로 남아 있는 용무산마을과는 다른 모습이었
다.

실종 어린이 집과 논밭은 아이들 부모들이 처음에는 보상
비 문제로, 아이들이 실종된 뒤에는 집으로 돌아올 것을 기
다리기 위해 땅을 내놓지 않았다.

나는 아파트 단지 안으로 들어갔다. 30층 이상 건물이 12
개 동이나 있는 대규모 단지였다. 단지 내부 정문에서 뒷문
사이의 일직선 도로에는 CCTV 카메라가 없었다. 뒷문으로
나오자 몇 개의 허술한 건물이 있었다. 아파트에서 가장 먼
위치, 용무산에서 가장 가까운 위치에 있는 건물이 폐업한
이학진의 회사였다.

마당 안으로 들어섰다.

낮에 본 풍경보다 더 음산했다. 나도 모르게 영화 장면 속
에서처럼 몸을 굽히고 건물 쪽으로 천천히 걸어갔다. 포크레
인 두 대와 트럭, 흩어져 있는 건설장비와 폐자재들이 움직
일 거라는 상상을 했다가 겁이 나서 지워버렸다.

출입금지 띠를 넘어선 뒤 건물 안으로 들어가기 위해서 입
구를 가로막고 있는 바리케이드를 옆으로 조금 밀어냈다. 공
간이 조금 생겼다. 바리케이드와 벽 사이 틈으로 들어선 뒤
건물 입구로 들어섰다.

그 때였다.

발을 디디는 순간 내 구두에 뭔가가 밟히면서 찢어지는 괴성이 터져 나왔다. 나도 같이 비명을 질렀다. 비명과 함께 로비 왼쪽에 있는 사무실 내부의 어둠 속에서 희미한 불빛이 획을 가르며 꺼졌다. 내가 밟은 그 무엇은 마당 쪽으로 사라졌다.

나는 뒤도 돌아보지 않고 마당을 가로질러 회사 밖으로 달려 나갔다. 그리고 아파트 단지 안으로 다시 들어갔다. 불빛이 있었는지는 처음에 인식하지 못했지만, 불빛이 꺼지는 것은 확실하게 목격했다. 사무실 안에 누군가 있었다. 소름이 끼쳤다.

심장이 요동쳤다. 나는 심장을 움켜쥐었다. 술을 많이 마시거나 빨리 달리기를 할 경우, 한증막 안에 오래 앉아 있을 경우 맥박이 빨라진다. 최근 몇 년 동안 없었던 현상인데 재발했다. 전에는 2년에 한 번 정도 빨라진 맥박 때문에 기절한 적도 있었다. 의사는 빈맥이라고 했다. 심장을 빨리 뛰게 하는 혈관을 잡아야 한다고 했다. 그러자면 수술을 해야 한다고 했다. 나는 수술할 엄두가 나지 않았다. 대신 심장을 가끔 움켜쥐거나 손목에 손가락을 대고 맥박 수를 셌다. 그럴 때면 쌍둥이 가운데 언니인 나소영이 생각날 때가 있었다. 소영이도 심장병을 앓았다고 했다.

30분쯤 지나자 맥박이 가라앉았다. 식은땀이 났다. 그런 상태로 두 시간 이상 지났다.

아파트 후문에서 이학진 씨 회사 쪽 골목을 계속 응시했다. 인기척은 없었다.

나는 아파트 단지 정문 밖으로 나와 차에 탔다. 이번에는 차를 몰고 아파트 단지를 돌아서 회사 쪽으로 갔다. 마당 한가운데 주차를 시킨 뒤 전조등을 켠 채 차에서 내렸다. 큰 소리가 나도록 차 문도 세게 닫았다.

건물 안으로 들어섰다. 인기척은 없었다. 로비 왼쪽 사무실의 어둠 속으로 천천히 들어갔다. 차의 전조등 불빛이 창문을 통해 들어와 사무실을 희미하게 비췄다. 나는 핸드폰 라이트를 켰다.

"누구 있어요? 나는 김환 기잡니다. 취재하러 왔어요. 경찰도 오고 있습니다. 조금 뒤에 도착합니다. 동촌경찰서 형사들이 옵니다. 누구 있습니까?"

아무런 소리도, 기척도 없었다. 두 시간 이상 지났으니 불빛의 주인공은 사무실에서 나갔을 것으로 생각했다.

나는 안으로 더 들어갔다. 낮에 보았던 사진을 올려다보고 그 아래 이학진 씨가 쓰러져 있었던 바닥을 내려다보았다. 대수롭지 않게 보았던 핏자국이 어둠 속에서 더욱 선명하게 보였다. 나의 감각이 더 예민해져서 그런 것일까? 더 불안해졌다.

고도로 예민해진 나의 감각이 내 뒤에서 들려오는 인기척을 포착했다. 발을 딛는 소리였다. 그다음에는 숨소리가 목덜미까지 다가왔다.

머리털이 곤두섰다.

몸이 얼어붙어 돌아설 수가 없었다.

모른 체하면 나를 내버려 두고 사무실에서 나갈지도 모른다고 생각했다. 하지만 머리 뒷부분에 강한 충격이 가해졌다. 쓰러질 때 머리를 보호하기 위해서 팔로 머리를 감쌌는지는 기억이 나지 않았다.

10

'환희의 찬가' 음악 소리에 깨어났다.

머리 뒷부분이 욱신거렸다. 나는 핸드폰을 집어 들고 비틀거리며 책상 앞 소파까지 가서 그 위에 쓰러졌다. 모르는 전화번호였다. 여성의 목소리였다.

"김환 기자님, '시사광장' 서 작가인데요, 지금 어디쯤 오고 계세요?"

나는 무슨 말인지 알아듣지 못했다. 하지만 곧 정신을 차렸다.

"아! 서경애 작가님, 오래간만이네요."

"지금 어디세요? 방송 10분 전인데 아직도 안 오셔서 전화 드렸어요."

"네? 방송 10분 전…. 아, 맞네! 이거 큰일 났네. 저 지금 다른 곳에 있어요."

"네? 정말요? 잠시만요."

전화 목소리가 바뀌었다. 최강미 PD였다.

"뭐라고요? 다른 곳에 있다고요? 어딘데? 무슨 일인데요? 선배!"

"강미야, 어떻게 하지? 지금 사건 현장에 나와 있어. 깜박했어."

"그걸 지금 말이라고 하는 거예요? 이거 일 났네, 일 났어. 도대체 무슨 일인데 방송까지 펑크 내! 선배 지금 제정신이야?"

"나중에 설명할게. 정말 미안하다."

"설명? 무슨 설명? 설명이 무슨 필요가 있어요! 됐고, 일단은 전화로 연결해요. 유진 아나운서하고 말도 좀 맞춰봐야 하는데…. 하여튼, 각오하세요! 5분 뒤에 라디오 주조로 전화하세요!"

최강미 PD는 전화를 끊었다. 나는 멍한 상태로 소파에 앉아 있었다. 핸드폰 라이트가 계속 켜져 있었다는 사실을 그때서야 알았다. 배터리는 거의 바닥나 있었다.

갑자기 목이 말랐다. 주변을 돌아봤지만 마실 만한 것이 보이지 않았다. 나는 비틀거리며 마당으로 뛰어나갔다. 환희의 찬가가 또 울렸다. 뛰어가면서 전화를 받았다. 캡이었다.

"선배님, 오늘 아침 동촌경찰서로 바로 가실 겁니까?"

"조금 뒤 갈 거야."

"서에 가시면 살인사건 하나 있을 겁니다. 시경에 보고된 건데 전문건설업체 대표를 지냈던 남자가 둔기에 맞고 숨졌습니다. 폐업한 회사 건물 안에서 발견됐답니다. 동촌동 용무산 동쪽에 있는 아파트 단지 뒤쪽입니다."

"그 사건은 알고 있어. 취재 중이야. 나중에 단신이라도 하나 보낼게."

"그러세요? 알겠습니다. 수고하세요, 선배님."

나는 마당에 주차된 승용차에서 노트북 가방을 꺼내서 사무실 안으로 다시 들어왔다.

민수로부터 문자가 왔다. 이학진 살인사건에 대해 간단하게 정리한 것이다. 민수의 메시지 마지막에는 '부장님, 파이팅!'이라는 문자가 적혀 있었다.

나는 가방에서 핸드폰 연결 잭을 꺼냈다. 사무실을 둘러보았다. 책상 옆 벽에서 콘센트를 찾아 핸드폰을 연결했다. 충전이 되지 않았다. 폐업한 회사라서 전기 공급이 끊어진 것 같았다. 큰 낭패를 볼 것 같다는 불길한 생각이 들었다.

5분이 지났다. 라디오 주조로 전화할 시간이다. 전화를 하려다가 라디오 주조 전화번호를 모른다는 사실을 깨달았다. 30초쯤 지났을까? 회사 번호로 전화가 왔다. 최강미 PD의 목소리가 들렸다.

"도대체 뭐 하는 거예요? 전화하라고 했잖아요. 이 시간에는 엄청나게 바쁘다고요, 여기는."

"어, 미안, 정말 미안."

"됐어요, 됐어. 전화기 그대로 들고 계세요. 핸드폰 배터리 충분하죠? 주변에 사람, 라디오, TV 없죠?"

"배터리는 충분하지 않아."

"…"

'시사광장'시그널이 나가고 유진 아나운서의 목소리가 들렸다. 머릿속이 하얗게 변해 무슨 말을 했는지 어떤 대화를 했는지 기억이 나지 않았다. 아마도 유진 아나운서가 묻는 말에 기계적으로 대답했던 것 같다. 더듬거리기도 했다.

다만 세 번째 질문, 그러니까 수사 방향에 대해서 개인적으로 생각한 부분은 몇 마디 기억할 수 있었다.

"경찰은 유골을 발견했을 때 아이들이 저체온으로 숨졌을 가능성을 제기했습니다. 제가 보기에는 그럴 가능성은 전혀 없습니다."

"그렇다면 김 기자는 아이들이 숨진 원인이 무엇이라고 보십니까? 경찰은 수사 방향을 어떻게 잡아야 한다고 생각하세요?"

"사인은 제가 말할 수 있는 부분은 아닙니다. 지금 국과수에서 분석하고 있는데 조만간 나올 겁니다. 분명한 것은 숨진 아이들을 누군가 매장했다는 사실입니다. 아이들 스스로 매장될 수는 없으니까요. 숨지게 한 사람과 매장한 사람이 같은 사람일 가능성은 분명히 높겠죠. 경찰 수사 방향은 애매했습니다. 지금까지 김환입니다."

나는 일방적으로 리포트를 끝낼 수밖에 없었다. 핸드폰 배터리가 거의 바닥이었기 때문이다. 말하다가 끊어지면 방송사고다. 하지만 내가 끝내면 제작진은 당황하겠지만 청취자들은 사고인줄 모른다.

방송이 끝난 뒤에 '환희의 찬가'가 다시 울렸다. 예상대로 최 PD의 전화였다.

"무슨 짓이에요?"

"배터리 때문에…. 미안하다. 내가 제대로 말을 했는지 모르겠다."

"제대로 못 했어요. 다 아는 얘기를 하셨고 새로운 얘기는 없었어요. 타살이라는 말을 되게 복잡하게 했어요."

"강미야, 정말 미안하게 됐다. 어쩔 수 없이 사건 현장에서 발이 묶였어. 방송을 생각해 낼 수 있는 상황이 아니었어. 그래서 준비도 못 했고."

"일부러 펑크 내는 사람이 어디 있겠어요? 나는 선배가 마녀한테 매일 얻어터지는 것처럼 보이고 후배들한테도 쩔쩔매고 주위 사람들한테 쉬운 사람으로 인식되는 거, 다 이해해요. 누가 뭐라고 하든지 혼자서 앞만 보고 뚜벅뚜벅 걸어가는 것도 알고 있어요. 하지만 가끔은 이해하지 못할 부분도 있어요. 선배로서는 어쩔 수 없다는 상황 인식이, 함께 일하는 동료한테는 치명적인 영향을 줄 수도 있는 거예요. 수정이 한 명으로 족하지 않아요?"

뒷머리의 통증은 아무것도 아니었다. 박수정 기자에 대한 기억을 불러낸 것이 더 아팠다.

나는 소파에 누웠다. 한동안 가위에 눌린 것처럼 일어날 수가 없었다.

건물 밖 세상에서는 일상이 시작됐을 것이다. 아득한 바깥 소음이 공기를 타고 전해졌다. 사무실 안은 여전히 어두웠다. 밖으로 나 있는 작은 창문은 초록색 페인트로 칠해져 있어서 빛을 조금만 통과시켰다.

나는 소파에서 일어나 창문을 열고 책상 쪽으로 갔다. 책상은 어제 김이삼 과장과 함께 온 형사가 분해하듯이 뒤졌다. 책상 위에는 아무것도 없었다.

서랍을 열었다.

117

역시 아무것도 없었다.

서랍을 들어내고 내부 공간을 살폈다.

아무것도 없었다.

소파 좌석 아래에도, 그 옆 책꽂이 하단 서랍 안에도, 서류 캐비닛 안에도 아무것도 없었다.

가구들은 어제보다 더 무질서하게 놓여 있었다. 벽에 밀착해 서 있던 책꽂이와 캐비닛은 틀어져 있었다. 어제 형사들이 구석구석을 뒤지고 수색하면서 책꽂이와 캐비닛을 들어내려고 했기 때문이라고 생각했다.

나는 복도로 나와 맞은 편 '사장실' 팻말이 붙은 사무실 문을 열었다. 이 사무실도 어두웠다. 전등은 켜지지 않았고 밖으로 난 창문 역시 초록색 페인트가 칠해져 있었다. 나는 보이는 대로 책상과 가구들을 뒤져보았지만, 눈에 띄는 것은 없었다.

2층으로 올라갔다. 2층에는 햇빛이 잘 들어왔다.

왼쪽에는 텅 빈 회의실이 있었다. 오른쪽에는 용도가 무엇이었는지 모를 공간이 있었다. 빈 책꽂이와 캐비닛이 벽에 붙은 채 가지런히 세워져 있었고 원형 모양의 대형 소파가 방 한가운데 있었다.

나는 책꽂이가 놓여 있는 모양새를 보고 다시 1층 사무실로 뛰어 내려갔다. 1층 사무실에 있는 책꽂이 위치를 바꾼 사람이 경찰이 아닐 수도 있다는 생각이 들었기 때문이다.

　나는 벽에서 약간 틀어져 있는 책꽂이를 앞으로 더 끌어당겼다. 벽과 책장 사이에 공간이 더 넓어졌다. 벌어진 공간의 사무실 바닥은 가로세로 30센티미터 정도 크기의 목재 무늬 플라스틱 패널로 덮여 있었다. 들어낸 책꽂이 바닥에 있는 패널 한 개가 살짝 떠있어 다른 패널들과 작은 틈을 벌리고 있었다.

　나는 사원증을 꺼내 패널과 패널 사이의 틈새에 끼워 넣고 그 패널을 들어 올렸다. 들어낸 패널 아래에는 깊이 50센티미터 정도의 네모진 공간이 있었고 바닥에 얇은 지도책이 놓여 있었다.

　지도책을 꺼냈다. 곰팡내가 났다. 지도책 아래에 있던 벌레 몇 마리가 빛을 받고 꿈틀거렸다. 나는 패널을 덮고 책꽂이를 원래 위치대로 벽에 붙였다. 캐비닛도 옆으로 밀어내고 그 아래 바닥을 보았지만, 비밀 공간은 보이지 않았다. 나는 지도책을 들고 마당에 주차되어 있던 내 승용차로 돌아왔다.

　시동을 걸었다. 시동이 걸리지 않았다. 밤새 전조등을 켜놓았기 때문에 배터리가 방전이 된 것이다. 나는 보험회사 콜센터에 전화를 걸어 현장 출동 서비스를 요청했다.

　지도책을 천천히 살펴보았다. 서울 북부지역을 수록한 지도책이었다. 페이지마다 크고 작은 둥그런 모양의 표시와 당구장 표시를 연필로 그려놓았다. 재개발 지역이나 신축 건물 위치를 표시한 것 같았다.

동촌구 용무산동이 그려진 페이지를 찾았다. 지금 내가 있는 용무산의 동쪽 지역 재개발 아파트 단지가 연필로 둥글게 표시되어 있었다. 다른 페이지에 있는 용무산마을에도 둥그런 표시와 당구장 표시가 여러 개 있었다. 그런 식으로 용무산과 용무산 주변 대부분 지역에 연필 표시가 있었다.

11

"오늘 아침에 출근하면서 '시사광장'을 들었습니다. 뉴스 리포트 하실 때는 잘하시던데 라디오 생방송 때는 말을 많이 씹으시데요, 후후⋯. 근데 몰골이 왜 그러십니까? 뒤통수에는 대형 반창고를 붙이고 양복 셔츠에는 커피가 묻어있고. 집에 안 들어갔어요?"

김이삼 과장이 동그란 안경을 통해 아래위로 훑어보면서 저음의 차가운 목소리로 나를 놀렸다.

"이학진 씨 부검 결과 나왔어?"

"아직 안 나왔습니다. 어제 새벽 0시에서 2시 사이에 둔기와 칼에 맞고 숨졌을 거라는 1차 소견에서 진전된 게 없다고 보시면 됩니다. 그나저나 머리는 왜 그래요? 회사 경영국장한테 한 대 맞았습니까? 소문이 여기까지 들리던데요, 우후

후…."

"나도 둔기에 맞았어. 이학진 사무실에서."

"뭐라고요? 언제요?"

"어젯밤 10시쯤 될 거야. 2천만 원 기부하고 찍은 그 사진 앞에 서 있었는데 뒤에서 누군가가 나를 친 거야."

김 과장은 한동안 입을 다물지 못했다. 그러다가 두뇌가 정상적으로 다시 회전하는지 특유의 낭창한 표정과 목소리를 되찾았다.

"그 누군가가 칼은 왜 사용하지 않았죠?"

"잡으면 물어봐 줘."

"누군지 못 봤습니까?"

"봤으면 칼에 찔려 죽었을 거야. 어둠 속에서 숨어 있다가 다가온 것 같은데, 남긴 게 아무것도 없어."

김 과장은 의심스러운 눈초리로 나를 응시하면서 취조하듯이 물었다.

"선배는 뭐 하러 거기에 또 갔습니까? 뭔가 찾은 게 있습니까?"

"어제 경찰이 수색하고 흘리고 간 증거물들을 한 보따리 찾았지."

김 과장은 씩 웃었다.

"왜 바로 연락 안 했습니까?"

"오늘 아침 깨어났어. 눈 뜨자마자 '시사광장'에 참여했고."

"오늘 아침 깨어났다고요? 머리를 한 대 맞고 여덟 시간 이상 졸도해 있었다는 얘긴데 큰일 날 뻔 했네요. 안 죽은 게 다행입니다. 아마도 너무 피곤해서 졸도 상태에서 숙면 상태로 넘어갔던 모양이죠? 병원에 갔다 왔습니까?"

"바늘로 꿰맸는데 경영국장한테 맞았다고 하니까 의사도 더 묻지 않더라고."

"그 정도로 다행입니다. 그런데 출입을 금지한 현장에 마음대로 들어가도 됩니까? 큰일 나겠네요. 아무래도 문제로 삼아야겠는데요."

"문제로 인식해달라고 부탁하러 왔어. 이학진 씨가 피살된 어제 새벽과 내가 피살될 수 있었던 어젯밤, 회사 부근 아파트 단지 정문 앞에 있는 CCTV 화면 좀 보여줘."

"안됩니다. 안 되긴 안 되는데, 어젯밤 그 아파트 단지 정문 CCTV 화면도 새로 확보를 해야겠네요."

"경찰이 용의자를 특정한 건 아니잖아. CCTV 화면을 아무리 봐도 누가 누군지 모를 거 아니야? 하지만 나는 이 사건과 관련된 많은 사람의 얼굴을 알고 있어."

"그건 그렇습니다만 일단 우리가 확보해서 먼저 본 뒤에 생각해보겠습니다."

"유골 조사 결과는 나왔어?"

"오늘 아침 시경에서 브리핑했습니다. 두개골 한 개에서 구멍이 발견됐습니다. 타살 흔적으로 추정하고 있습니다."

"정말이야? 한 개에서만? 누구 두개골인데? 구멍은 얼마나 큰데?"

"유동구 어린이 두개골입니다. 보철 있는 그 아이요. 왼쪽 관자놀이 윗부분에 지름 1.5센티미터 크기의 둥그런 모양입니다."

김이삼 과장은 책상 위에 있던 사진을 내밀었다.

쇠파이프나 야구방망이 같은 형태의 흉기로 가격당하면 둥그런 구멍은 생길 수가 없다. 원뿔형의 망치 같은 흉기에 의해 찍힐 경우 생길 수 있는 모양이었다.

"무언가에 찍힌 것 같지 않아?"

"그건 모르죠. 더 자세한 것은 조사하고 있습니다."

"경찰에서 특별수사본부는 언제 만든대?"

"오늘부터 운영합니다. 저도 본부에 소속됐습니다. 보다 더 많은 정보를 얻을 수 있을 것 같습니다. 본부는 시경에 설치하기로 했습니다. 시경 차장이 본부장을 하고요. 탐문 위주의 수사보다는 과학 수사를 하겠다는 의도에서 시경에 설치한 것 같습니다."

"쌍둥이 가운데 동생 나인영이 입었던 재킷 있잖아, 검은색 재킷. 소매가 묶여 있었잖아? 그 매듭 방식, 조사해봤어?"

"태권도 도복 띠를 맬 때 묶는 방식이었어요. 애들이 그 재킷을 머리에 뒤집어쓰기 위해서 팔 부분을 묶었을 수도 있고 다른 사람이 씌우기 위해서 그랬을 수도 있겠죠. 무엇인가를 운반하기 위해서 그랬을 수도 있고."

"첫 번째는 가능성이 없을 것 같군. 제보는 없었어?"

"우리 형사과로 몇 개 들어왔습니다. 오늘부터는 모든 제보를 본부에서 수합하기로 했습니다."

"조사하기로 한 제보는 있나?"

"한 개 있기는 한데."

"뭔데?"

"지금은 말할 수 없습니다."

"말해보게. 과거에 들어왔던 제보 내용 대부분은 내가 알고 있으니까. 같은 제보가 수도 없이 들어왔지. 새로 제보가 들어오면 함께 검토하면 도움이 될 거야."

"알겠습니다. 일단 우리 팀이 현장에 갔으니까 일차 조사해보고 알려드리겠습니다. 선배도 오늘 갈 곳이 있을 텐데요?"

"서채민 교수가 분석한 내용 알아보고 알려줄게. 김 과장도 과거 자료와 제보들을 꼼꼼하게 잘 보라고. 이학진 살인 사건 단서도 나오면 알려주고. 부검 결과도."

"세 어린이 실종 사건은 지금 공부하고 있어요. 10년 동안

125

쌓인 자료가 엄청 많습니다. 선배는 이학진 씨 살인 사건이 세 어린이 실종 사건과 연관이 있다고 보는 겁니까?"

"관련성이 있는지 알아봐야 한다는 거지."

나는 김이삼 과장과 저녁때 만나기로 하고 경찰서를 나왔다. 점심시간까지는 한 시간 정도의 여유가 있어서 집으로 들어가 셔츠를 갈아입고 나왔다.

아이들 유골을 조사하는 실험실을 찾아보려고 했지만 포기했다. K대 의과대학이나 의료원 관계자에게 물어보았자 가르쳐주지 않을 것이고 오히려 내가 법의학 교실을 들락거린다는 소문만 날 수 있다고 생각했다.

만일 실험실을 찾아내 서채민 교수를 그곳에서 만난다고 해도 서 교수는 함께 유골을 조사하는 다른 연구자들 시선 때문에 나를 쫓아낼 것이다. 전화해도 면담 약속을 잡지 않을 것이다.

나는 서채민 교수 연구실로 직접 가기로 했다. 그는 점심 식사 후 대체로 연구실에서 커피를 마시며 휴식을 취했다. 전에도 그 시간에 서채민 교수를 만났다.

내가 서채민 교수를 처음 만난 것은 사회부 수습기자를 할 때였다. 살인 사건 현장에서 목격한 피살자 상태를 직접 물어보기 위해서였다. 나는 당시 법의학 책을 읽고 있었다. 전문적인 내용이 많고 궁금한 것도 많아서 누군가에게 물어보아야 했다. 서 교수를 만날 때마다 법의학 상식도 함께 물어보았다.

서채민 교수의 시간을 빼앗지 않기 위해 점심시간에 약속을 잡곤 했다. 가장 중요한 시간을 빼앗았다는 사실을 깨닫게 된 것은 훨씬 뒤였다. 그런 미안함 때문에 그 다음부터는 밖에서 약속을 잡고 점심을 사기도 했다.

K대 의과대학이 주로 경찰이나 간호사를 상대로 법의학 특수대학원생을 모집한 적이 있었다. 서채민 교수는 나더러 그 대학원에 입학하라고 권했다. 나도 잘됐다고 생각했다. 그런데 필기시험에서 떨어졌다. 당연히 원서만 내면 입학할 줄 알았다. 필기시험은 요식행위라고 생각했지만 착각이었다. 의학 관련 기본 지식을 공부하지 못한 나로서는 시험 문제를 이해할 수조차 없었다.

연구실 문을 노크하자 안에서 '네'소리가 들렸다. 서채민 교수는 오늘도 식사 후 커피를 마시며 쉬고 있었다.

"이게 누구야! 한 10년 만에 보나?"

"그저께 용무산 유골 발굴 현장에서 보셨잖습니까?"

"그렇군. 하기야 나는 뉴스에서 김 기자를 자주 보니까 오랜만이라는 생각이 안 드네. 요즘은 경제 뉴스 하는 것 같던데."

127

"얼마 전에 사회부로 옮겼습니다."

"그래? 그래서 사건 현장에 왔었군. 식사는 했나?"

"예, 하고 왔습니다. 교수님은 여전하시네요."

"여전하긴. 내일모레 정년퇴직이야. 김 기자도 중년 같네. TV에서는 더 늙어 보여. 머리는 왜 그런가? 누구한테 맞았나?"

"맞았는지 어떻게 아셨어요?"

"머리 앞부분이면 사고 가능성이 조금 높은데 뒷부분이 깨지면 사건일 가능성이 조금은 높지 않겠어?"

"예리하시네요. 사실은 누구한테 급습을 당했습니다. 잡으면 합의금 천만 원 받아낼 겁니다."

서채민 교수는 새 컵에 커피를 따르고 뜨거운 물을 그 위에 부은 뒤 나에게 내밀었다. 그가 직접 내린 커피였다.

"조심하게. 조금이라도 아프거나 어지러우면 병원에 가야 해. 오랜만에 얼굴을 보니 반갑네. 오늘 갑자기 무슨 용건인가? 나는 조금 뒤 실험실로 가야 해. 아이들 유골 얘기는 한마디도 못 하네."

"하하…. 내년에 특수대학원 시험을 쳐보고 싶어서 상담하려고 교수님 뵈러 온 겁니다."

"그거 반가운 소식이네. 내년이면 내가 퇴직하고 없겠지만 나 없어도 열심히 공부해보게. 시험도 어렵지 않아. 기본 의료 상식만 조금 공부하면 돼. 요즘은 지원자가 적어서 아마 혼자서 공부해야 할 수도 있을 거야."

"그런가요? 그러면 기본 상식을 조금만 여쭤보겠습니다. 10년 동안 매장되어 있던 두개골에서 지름 1.5센티미터 크기의 둥그런 구멍을 발견했습니다. 구멍이 난 원인을 알려면 시간이 오래 걸릴까요?"

"허허…. 질문 내용이 정교하지 않구만. 많은 시간을 연구해도 원인을 알기란 쉽지 않겠지. 그런 구멍이면 예리한 것에 의한 외부 충격 때문이라고 추정을 할 수 있을 거야. 단지 추정일 뿐이지."

"두개골 내부도 조사해야 합니까? 그럴 경우에도 시간이 오래 걸릴까요?"

"두개골 내부도 기본적으로 조사를 해야겠지. 이 경우에는 시간이 더 많이 걸리네. 세척하고 육안으로 검사하고 촬영도 해야 하고. 금속공학적 검사, 조직학적 검사, 투과전자현미경 검사도 해야 하고 말일세. 무슨 말인지 알겠나?"

"전혀요."

"전문가들도 여러 명 동원해야 해. 신경외과, 방사선과, 법의학 전문가는 물론이고."

"보통 내부를 조사한다면 무엇을 발견하기 위해서 조사하는 겁니까?"

"이끼류가 발견될 수도 있지."

"그런 경우는 땅 밖으로 한동안 노출돼 있었다는 거네요. 다른 성분은 주로 뭐가 발견됩니까?"

"다른 것이 발견된다면 그런 경우는 조사 시간이 많이 지난 후일 걸세."

"다른 두 개의 두개골에서는 충격을 받은 흔적이나 이끼류는 없었습니까?"

"충격을 받은 흔적은 없네. 이끼류는 구멍이 있는 두개골만 조사해서 발견한 거네. 다른 것도 조사해야지."

"혹시 이끼류 외에 독극물이나 다른 금속 성분은 검출되지 않았나요?"

"그것도 검사하고 있네. 하지만 시간이 너무 많이 흘러서 과연 그런 성분이 나올까 싶어. 10년 동안 물과 공기에 노출되면 그런 성분들이 있었다고 해도 지금까지 남아있을 수는 없을 걸세."

"머리카락은 수거가 됐습니까?"

"머리카락은 오래 보전된다고 보통 생각하지. 하지만 머리카락도 공기에 노출되면 흙 속과 비교해서 여덟 배 이상 빨리 분해되네. 머리카락은 발견하지 못했어."

"이빨은 오랫동안 남아있죠?"

"이빨은 유골처럼 오랫동안 남아있지. 육안으로 보면 작은 돌과 구별하기 힘들지만 남아있는 것이 일반적인 상식이라고 알려져 있는데….”

“그런데요?”

“이빨을 아직 수거하지 못했어. 많이 남아 있어야 하는데….”

“현장을 엉망으로 만들어서 그런 건 아닙니까?”

“그런 것은 아닌 것 같아. 유골을 발견한 등산객이 몇 개를 건드리고 경찰이 유품 몇 개를 진열한 것 말고는 현장을 뒤집어 놓은 것은 아니잖나.”

“유동구 치아 보철이 발견됐다면서요?”

“그래. 그런데 아이들 이가 없는 거야.”

“그저께 아이들 유골이 놓여 있는 형태를 보니까 여기저기 무질서하게 흩어져 있었습니다. 가지런하지 않았죠. 큰 뼈들이 흩어질 정도면 이빨 같은 작은 뼛조각들은 물에 쓸려 내려갔을 수도 있잖습니까?”

“그럴 수도 있지. 작은 뼛조각들도 없었으니까.”

“….”

“그렇다고 해도 이빨이나 작은 뼛조각이 거의 없다는 것은 상식적이지 않네.”

“거의 없었다면 몇 개는 나왔다는 겁니까?”

“뼛조각들이 몇 개는 있었네. 작은 것들이 없다는 거네. 범위를 아래쪽까지 넓혀서 발굴하고 있으니까 나오겠지."

"교수님, 방금 이빨은 작은 돌과 구별하기 어렵다고 하셨잖습니까? 그렇다면 어떻게 찾아낸다는 말입니까?"

"우리 같은 전문가들은 보면 알 수 있네."

"만일 전문가가 아니면요?"

"전문가가 아니라도 이빨을 발굴할 목적을 갖고서 덤벼들면 돌과 구별할 수는 있겠지. 그렇지만 발굴할 목적이 아니라면 작은 돌과 이빨을 구별하기란 어려울 거야. 전문가가 아니라면 더 더욱."

"그렇군요. 팔과 다리에 골절 흔적은 없습니까?"

"아직 거기까지는 조사하지 못했어. 시간이 필요하다니까? 대학원 시험공부도 미리미리 시간을 투자해서 공부해야 해."

"하하…. 비유가 대칭되지는 않네요. 두개골에 구멍이 난 것이 사후에 생겼을 가능성은 없습니까? 자연적으로 말이죠. 현장은 비가 오면 돌들이 물과 함께 흘러내리는 곳이지 않습니까?"

"물과 함께 흐르던 돌이 두개골에 그런 구멍을 내려면 그 돌은 망치 끝부분 같은 예리한 모양이어야 하고 손으로 내려치는 것과 같은 빠른 속도로 두개골과 충격을 일으켜야 하네. 그건 거의 불가능하다고 봐야지. 만일 유골이 물에 휩쓸려 내려온 큰 돌과 충돌했다면 금이 가고 파손 부분도 동그란 작은 원을 그리기는 힘들지. 김 기자 두개골도 한 방 맞았다면서? 경험과 직관을 동원해보게."

"저는 워낙 돌이라서 아무리 큰 돌로 충격을 받아도 별 영향을 받지 않겠죠."

"김 기자는 어떤 결론을 내렸나? 뭔가 아는 게 있을 것 같은데? 말해보게."

"결론을 내릴 단계는 아닌 것 같습니다. 만일 어떤 가설을 세울 수 있게 되면 그 가설이 타당한지 교수님께 자문을 구하러 다시 오겠습니다."

"그렇게 하게. 나는 실험실로 가야겠네. 내 말은 모두 추측이기 때문에 현재로서는 근거를 대기 어려울 거야. 실종 사건과 관련해서 내 이론이 보도되는 것은 아직은 적절하지 않네. 취재하는 데 참고로만 하고 기사로 쓰면 절대 안 되네. 뭔가 단서를 찾게 되면 그때 가서 의견을 주고받으면 좋을 거 같아."

"무슨 말씀을 하시는 건지 잘 알겠습니다. 감사합니다. 다음 주에 교수님 좋아하시는 초밥 쏘겠습니다."

"초밥? 오랜만에 듣는 기쁜 소린데. 다음 주 말고 사건이 끝나면 가지."

서채민 교수는 만면에 웃음을 띠고 자리에서 일어섰다. 언론사 입사하고 처음 보았을 때는 몸집 좋은 중년 아저씨 같

앉는데 지금은 살이 빠지면서 등이 굽은 전형적인 노교수의
모습이었다.

"너무 열심히 하지 마시고 건강에도 신경 좀 쓰세요."

"걱정하지 말게. 제자들이 다 하니까. 나는 조언만 해주면
돼. 김 기자 머리나 잘 치료하게. 사람들은 누구를 해칠 때
머리부터 노리는 경우가 많아."

12

10년 전 경찰은 아이들의 가출 가능성이 매우 낮다고 보았다. 가출할 이유가 없다고 보았기 때문이다. 유괴 가능성도 적다고 보았다. 아이들 부모는 돈이 많지 않았다. 앵벌이나 인신매매 또한 가능성이 없다고 보았다. 요즘 세상에 6학년 아이 세 명을 납치한 뒤 도망가지 못하게 관리하면서 노예처럼 돈벌이를 시킬 수 있는 사람이나 조직, 업종은 찾기 힘들 것이다.

그렇다고 경찰이 가출이나 유괴, 납치 후 인신매매 가능성에 대해 수사를 하지 않은 것은 아니다. 외지인이 낙도에 들어와서 일한다는 제보를 받고 멀리 떨어진 섬에 수사대를 여러 차례 보냈다. 산간 오지에도 보냈다. 하지만 아무런 성과를 거두지 못했다.

경찰은 공개적으로 말하지는 않았지만, 내부적으로는 아이들이 숨졌을 것으로 보았다.

아이들 실종 사건에 대한 관심이 높아지자 특별수사본부와 언론사에는 더 많은 제보가 들어왔다. 제보가 잇따르자 처음에는 경찰 수사가 활력을 띠는 것처럼 보였다. 하지만 많은 제보가 독이 된다는 사실을 알기까지는 그렇게 많은 시간이 필요하지 않았다.

사건 발생 형태는 단 한 가지이다. 열 건의 제보가 들어왔다면 적어도 여덟아홉 건은 거짓 제보가 분명하다.

경찰 수사는 갈피를 잡지 못했다. 계속해서 들어오는 제보를 일일이 쫓아다니다가 수사 방향을 잃게 되었다. 울어야 할지 웃어야 할지 모를 코미디 같은 사건 수십 건이 내 기억 속에 선명하게 남아 있다.

「제보 하나」 심령술사

그날은 매우 추웠다.

나는 동촌경찰서 출입기자들과 술을 마시고 있었다. 방송 기자도 있었고 신문 기자, 통신사 기자도 있었다. 나이 많은 기자도 있었다. 기자들의 얘기는 세 어린이 실종 사건에 모아졌다. 저마다 상상력을 발휘하면서 사건을 구성했다.

기자들마다 내용은 달랐지만 결론은 동일했다. 아이들이 살아있지 않다는 것, 사인은 타살일 거라는 것이다.

자정이 조금 넘어서자 서로의 이야기에 지쳐갔다. 그때 화장실에 다녀오던 기자 한 명이 정보원에게서 들은 얘기를 꺼냈다. 정보원으로부터 연락이 오자 화장실에 가서 몰래 전화를 받았던 것이다. 그 기자의 설명은 우리 모두를 당황하게 만들었다.

한 심령술사가 삼십 대 남자 세 명의 이름을 말하면서 그들이 세 어린이를 납치해 용무산에 암매장했다고 경찰에 제보했다는 것이다. 그래서 초저녁부터 경찰이 심령술사를 앞세우고 용무산을 수색하고 있다는 것이다.

기자들은 서로 얼굴을 쳐다보았다. 거짓 제보가 확실하다고 생각했다. 정보를 얘기해준 그 기자도 신빙성이 있다고 생각했다면 다른 기자들 몰래 혼자서 현장에 갔을 것이다. 누군가 중얼거렸다.

"그 제보를 한 심령술사 양반, 아마도 정신이 어떻게 된 게 틀림없을 거야."

"아니 거짓 제보를 해도 왜 한밤중에 하냐고."

모두가 집에 들어가서 쉬고 싶어 했다. 만일 현장에 간다고 해도 방송 기자는 신문 기자와 달리 카메라 기자에게 연락해서 용무산으로 오라고 해야 한다.

심령술사를 따라다니면서 밤새도록 산을 뒤졌는데도 아무런 단서를 발견하지 못하면 한밤중에 불려 나온 카메라 기자의 불만이 극에 달할 것이다. 무거운 카메라를 짊어지고 매서운 칼바람을 맞아가며 산을 오르내리며 열심히 촬영했는데 헛고생했다는 사실을 알게 된다면 카메라 기자의 입에서 무슨 소리가 나올까? 생각만 해도 끔직했다.

그렇다고 경찰이 야간 수색작업을 하는데도 이를 무시하고 집에 갈 수도 없는 노릇이었다. 만일 시경 캡들의 귀에라도 들어가면 연차가 어린 기자들은 몇 대 맞을 수도 있다.

한 명이 말했다.

"초저녁부터 뒤지고 있는데 아직도 찾지 못했다면 벌써 하산했어야 하는 거 아냐?"

"당연하지."

"수사본부는 도대체 왜 그런 제보에 휘둘리는 거야. 그러니까 매일 비난을 사는 거야."

"세 명의 이름은 뭐야? 자신이 싫어하는 사람들 이름을 둘러댄 거 아닐까? 이런 일 많이 있었잖아."

그 자리에 있던 모든 기자가 불평에 동의하며 고개를 끄덕였지만 그렇다고 집으로 가자는 기자는 없었다. 결국 용무산 수색 현장에 함께 가기로 했다. 방송 기자들은 카메라 기자를 부르지 않기로 합의했다.

모두가 일그러진 인상이었다. 몇 명은 술에 취해서 제대로 걷지도 못했다. 그들 입에서는 계속 쌍욕이 튀어 나왔다.

용무산마을 앞에는 경찰 버스 두 대와 승용차 여러 대가 어지럽게 주차되어 있었다. 의경과 형사들 수십 명이 동원된 것이다. 멀리 보이는 용무산 중턱에는 수십 개의 불빛이 한 곳에 모여 불야성을 이루며 움직였다.

기자들은 씩씩거리며 그 불빛이 있는 곳으로 올라갔다. 새벽 기온은 더 내려가 술에 취한 기자들을 단숨에 깨웠다. 습도까지 높아 체감 기온은 영하 10도 이하라고 생각했다.

"뻉으로 밝혀지면 심령술산지 뭔지 가만 안 놔둘 거야. 앞으로 영업하지 못하게 대문짝만하게 써줄 거야."

"경찰이 문제지. 이게 도대체 뭐하자는 거야."

앞서 가던 기자가 길을 잘못 들었다. 빨리 가려고 불빛만 쫓다가 길에서 벗어난 것이다. 산에서 길을 잃으면 보통 고생하는 것이 아니다. 게다가 몇 십 미터 앞에서 보이는 불빛이 빠르게 이동했다. 거리는 가까워졌지만 우리를 가로막는 나무 그림자도 커져 불빛을 가렸다. 핸드폰 라이트가 미치는 범위는 넓지 않았다.

차가운 촉감이 볼에 느껴졌다. 눈까지 내리기 시작한 것이다. 기자들 가운데 몇 명은 구두를 신었다. 여기자 한 명은 짧은 가죽 단화를 신고 있었다.

계속 미끄러졌다. 누군가 넘어졌다. 거기에 걸려 두세 명이 잇따라 넘어졌다. 여기자도 넘어졌다.

"아!"

"어이쿠!"

"에잇, 시발!"

우리는 걷기를 멈췄다. 넘어진 기자들을 일으켰다.

한 명이 소리쳤다.

"정인철 과장님, 어디 계세요."

다른 기자들도 합세해 소리쳤다. 얼마 후 작은 불빛이 보였다. 그 불빛은 점차 커지며 우리에게 다가왔다.

"여깁니다, 여기."

기자들은 핸드폰 라이트를 흔들었다. 의경 두 명이 우리를 발견하고 아래쪽 산길로 안내했다. 거기서 심령술사 일행을 따라 산길을 타고 올라갔다. 하지만 그들이 있는 곳에 도달했을 때 수색대는 산길을 벗어나 숲속에 들어가 있었다. 우리는 모두 지쳐 숲속으로 들어갈 엄두를 내지 못했다.

눈은 함박눈으로 변했다. 새벽 3시가 넘어가고 있었다. 키가 큰 그림자가 불빛 무리로부터 떨어져 나와 우리에게 다가왔다. 정인철 형사과장이였다.

기자 한 명이 그에게 물었다.

"과장님, 어떻게 됐습니까?"

"아직 찾지 못했어요."

"아니, 심령술산데 왜 한 번에 찾지 못하는 겁니까?"

"암장됐다는 위치를 계속 바꾸고 있어요."

"그래서 심령술사 말만 믿고 이렇게 계속 쫓아다니는 겁니까?"

"그 사람 말이 경찰들 때문이라는 거요. 경찰들 기운이 정확한 위치를 찾는데 방해된대요."

어떤 기자는 웃었고 어떤 기자는 욕을 해댔다. 심령술사를 비웃는 거지만 정 과장이 인상을 찌푸리고 있다는 것을 어둠 속에서도 느낄 수 있었다.

"삼십 대 남자 세 명은 누구랍니까? 그들이 어떻게 아이들을 암매장했다는 겁니까?"

"암매장했다는 주장만 하고 있어요. 그래서 짐작할 수 있는 위치를 찾는다는 거요."

"세 남자 이름은 어떻게 알았답니까?"

"꿈에서 세 남자의 이름이 보였다고 그럽디다."

"…"

"우리도 고역이오. 그냥 무시할 수도 없는 상황이라서 어쩔 수 없이 나왔소."

"누가 지시했습니까?"

"내가 지시했어요."

기자들은 할 말이 없었다.

힘들면 내려가든가 아니면 해프닝을 기사화하든가, 그것은 기자가 알아서 할 일이다. 경찰들에게 이래라저래라 할 일이 아니었다. 경찰은 더 큰 비난을 살까봐 어쩔 수 없이 수색하는 것이고 기자는 만일에 있을지도 모르는 낙종을 피하기 위해서 한겨울 새벽에 용무산을 구둣발로 헤매는 것이다.

눈이 쌓이기 시작했다.

몸을 따듯하게 해줄 아무것도 없었다. 마을로 내려가서 기다리기로 했다. 경찰 버스 안에서 추위를 피할 생각이었다. 하지만 그마저도 여의치 않았다. 운전하는 의경까지 버스 문을 잠그고 산으로 올라가 수색대에 합류한 것이다. 다른 차들도 문이 잠겼다. 기자들 승용차는 술집 앞에 있다. 택시를 잡아타고 용무산마을로 왔던 것이다.

기자들은 하는 수 없이 아침 6시까지 경찰 버스 옆에서 쌓여가는 눈을 밟으며 기다렸다. 수색대가 더 이상의 수색을 중지하고 그 시간에 마을로 내려온 것은 정인철 형사과장이 시경 차장과 동촌경찰서장에게 올릴 보고서를 출근 시간 전까지 작성해야 한다고 했기 때문이다.

심령술사는 오십 대 남자로 보였다. 나는 그의 코가 상대적으로 선이 굵고 커서 그 특징을 지금도 기억하고 있다. 머리는 뒤로 당겨 하나로 묶었고 고동색 개량 한복에 회색 털

목도리를 두르고 있었다.

형사 두 명이 그의 양 팔을 양쪽에서 잡고 연행하듯이 마을로 끌고 내려왔다. 정인철 과장이 그들 옆에서, 다른 형사들과 의경들은 그들 뒤에서 걸어왔다. 내용을 모르고 본다면 형사들이 피의자를 붙잡았다고 생각할 것이다.

형사들은 마치 야수들에게 먹이를 던져주듯 심령술사의 등을 밀면서 기자들 앞에 서도록 했다. 평소 같으면 있을 수 없는 일이다. 제보자를 숨겨야한다는 기본 원칙을 짜증 섞인 태도로 버렸기 때문이다. 밤새 경찰과 기자들을 죽도록 고생시킨 해프닝의 책임이 심령술사에게만 있다고 경찰은 주장하는 것이다.

기자들 인상도 험악해졌다. 제보자를 마치 심문하듯이 다뤘다. 심령술사에게 나이 많은 기자가 질문을 던졌다.

"세 아이가 암매장된 곳을 어떻게 알게 됐습니까?"

심령술사는 풀이 죽어 있었다. 그의 목소리는 기어들어가는 듯 했다. 나에게는 추위에 새빨개져 실룩거리는 그의 코만 보였다.

"수십 번도 더 꿈에서 봤습니다."

그때까지 한 마디도 하지 않던 여기자가 이어서 물었다.

"그렇게 많이 보셨는데 왜 찾지 못하셨나요?"

"꿈에서 본 장소를 발견하지 못했습니다."

143

"꿈에서 지도를 본 것은 아니었던 모양이죠?"

"네."

"꿈에서 본 것이 어떤 장면이었나요?"

"두 개의 나무에서 두 개의 가지가 내려온, 약간 움푹 들어간 땅이었습니다."

"그런데 그런 곳을 발견 못 했다는 말씀이세요?"

"네."

"왜요? 심령의 힘으로도 어려웠습니까?"

"너무 어두워서."

"그럼 낮에 찾으면 될 거 아닙니까?"

"꿈에서는 주위가 어두웠어요."

"꿈속 배경이 밤이었나요?"

"그런 거 같아요."

"지금 저쪽을 보아도 두 나무 사이, 두 가지 사이에 움푹 들어간 곳이고, 그 옆에도 비슷한 모습이고, 그 옆에도 또 비슷한 그림 아닙니까? 제보자가 보았다는 두 나무 사이에 움푹 들어간 곳은 수천 곳도 더 넘지 않을까요?"

"…."

"혹시 꿈속에서 매장하는 장면을 보시진 않았습니까?"

"매장된 곳입니다."

"세 명의 삼십 대 남자 이름은 어떻게 알았습니까?"

144

"그것도 꿈에서 보았습니다."

"어떻게 보셨나요? 이름이 어디에 써져 있었습니까?"

"아니요. 허공에 떠올랐습니다."

"어디 허공이요? 움푹 들어간 곳 위쪽입니까? 오른쪽 나뭇가지 아래 허공입니까? 아니면 왼쪽 나뭇가지 위쪽 허공입니까?"

"그, 그냥 가운데 허공에…."

"허공에 떠오른 이름만 보고 납치한 사람들인지 어떻게 아셨습니까?"

"그냥, 그런 생각이 들었습니다."

"실례지만 어디서 점집을 하십니까?"

"점집을 하지는 않습니다."

"그럼 어디서 오셨습니까?"

"산에서…."

"산에서 수도하고 계십니까?"

"네."

"지금도 아이들이 용무산에 암매장되어 있다고 생각하십니까?"

"지금은, 잘 모르겠습니다."

기자들이 심령술사의 얼굴을 죽일 듯이 노려보았다. 시선이 따가워서인지 심령술사는 죽어가는 소리로 말했다. 나는 심령술사 바로 옆에 있었기 때문에 그가 무슨 말을 하는지 들을 수 있었다.

"아무도 저를 인정해주지 않았어요."

형사 두 명이 심령술사를 경찰차에 태웠다. 의경들도 버스에 올랐다. 정인철 형사과장은 우리에게 다가와 자신도 어쩔 수 없었다고 말했다. 누구든 지푸라기를 던져주면 그게 마지막 지푸라기일지도 모른다는 생각을 할 수밖에 없는 게 세 어린이 실종 사건을 수사하는 경찰의 처지였다.

기자들은 용무산마을에서 큰길까지 걸어서 내려왔다. 거기서 택시를 타고 동촌구청 기자실로 갔다. 각자 캡에게 밤새 있었던 해프닝을 보고했다. 그리고 자리에 쓰러졌다.

아무도 기사를 쓰지는 않았다. 한 신문기자가 몇 달 뒤에 해프닝만 모아서 박스기사를 썼지만 그 기사를 쫓아간 언론은 없었다.

며칠 뒤 정인철 형사과장이 나를 보고 물었다.

"왜 아무도 기사를 쓰지 않았소?"

"기자들이 '심령술사의 말만 믿고 밤새 용무산을 헤맨 경찰', 이렇게 야마를 잡아 기사를 쓰려고 했습니다. 그런데 누워서 침 뱉는 거 같아서 포기했습니다. 그러는 과장님은 왜 수색을 중단했습니까? 형사계장이나 다른 형사들에게 수색을 맡기고 혼자 내려오셔서 보고서를 쓸 수도 있었잖습니까? 아무것도 보이지 않는 한밤중에 고생하고 막상 날이 밝으니까 기다렸다는 듯이 포기하는 게 합리적인 것처럼 보이지는 않습니다. 심령술사가 꿈의 배경이 밤이라고 했어도 말입니다."

내 질문에 정 과장은 침울한 표정으로 대답했다.

"처음부터 의미가 없다고 생각했소. 심령술사 제보를 받고 수색한 것은 보고용이었소."

제보 내용은 사건이 발생했다는 사실이나 사회적인 악행 또는 선행을 보도하거나 수사해달라고 하는 것이 일반적이다. 용무산마을 세 어린이 실종 사건과 관련한 제보는 처음에는 가해자로 의심되는 사람을 조사해보라는 내용이 대부분이었다.

제보 내용 대부분이 과학적이거나 논리적이지는 않더라도 영 터무니없는 것은 아니었다. 제보자는 실제로 의심이 가서 경찰이나 언론에 제보한 것이다.

시간이 갈수록 제보의 내용은 변질됐다. 어쩌면 제보자의 성격이 달라졌다고 해야 할 것이다. 자기 앞에 당면한 문제를 해결하기 위해서나 자기가 처한 위급한 상황에서 벗어나기 위해서 세 어린이 실종 사건을 이용하려고 한 경우도 생겼다.

「제보 둘」 삼십 대 여성

봄비가 내리는 날 오후였다.

동촌경찰서 정문으로 걸어 들어가는 나를 누군가가 잡았다. 삼십 대로 보이는 여성이 내 팔을 붙든 것이다. 그녀는 비를 맞고 있었다. 흐트러진 긴 머리 사이의 작은 얼굴이 나를 올려다보았다. 다급한 표정이었다.

"형사님!"

나는 그녀에게 우산을 씌워주었다.

"형사님, 세 어린이…. 할 말이 있어요."

나는 순간 그녀의 표정에서 상황이 심상치 않다고 느꼈다. 어쩌면 그녀가 세상을 놀라게 할 열쇠를 손에 쥔 채 여기 왔을 수도 있다고 생각했다.

"세 어린이라고요? 용무산마을 실종 어린이 말입니까?"

"네."

"그 아이들에 대해서 아시는 게 있습니까?"

"저를 보호해 주세요."

그녀는 불안한 기색이었다. 누군가에게 쫓기는 것 같았다. 나는 주변을 둘러보았다. 그녀를 노린다고 할 만한 사람은 찾아볼 수 없었다. 나는 그녀를 정인철 형사과장에게 데려가야 한다고 생각했다.

"일단 들어오시죠. 안심하세요. 이 안으로 들어오시면 괜찮을 겁니다."

그녀는 나를 따라왔다.

"실종된 아이들을 어떻게 아시죠?"

그녀는 나를 올려다보았다. 표정으로 봐서는 어떤 생각을 하는지 읽을 수가 없었다. 하지만 침착한 마음을 찾은 것 같았다.

"지금 안내하시는 곳에 가면 말씀드릴게요."

정인철 형사과장은 사무실에서 보고서를 읽다가 자기 앞에 앉는 그녀를 물끄러미 쳐다보았다. 정 과장은 표정의 변화가 거의 없었다. 마치 제보자의 성격을 한 눈에 알아보고 대하는 것 같았다.

나는 정 과장에게 자초지종을 말하고 그녀에게 아이들 얘기를 해달라고 말했다.

"저를 보호해 주세요."

정 과장은 대답 없이 그녀의 얼굴을 바라보기만 했다. 내가 그녀에게 다시 말했다.

"아이들에 대해서 아신다고 하셨는데 천천히 말씀해 보세요. 말씀하시면 경찰이 충분히 보호해 드릴 겁니다."

"제가 다른 사람이랑 둘이서 같이 세 어린이를 죽여서 묻었습니다."

나는 놀랐다.

하지만 정 과장은 표정 변화가 없었다.

내가 그녀에게 물었다.

"묻은 곳이 어딥니까?"

"서울 근교에 있는 산에요."

"납치해서 죽였습니까?"

"네."

"어떻게 납치했습니까? 왜 죽였습니까? 공모한 다른 사람은 누굽니까?"

그녀는 나의 물음에 대답하지 않았다. 한동안 말없이 있다가 갑자기 울음을 터뜨렸다. 내가 또 질문하려고 하자 정 과장이 나에게 손을 들어 제지했다. 그리고 그녀가 울도록 놔두었다.

정 과장은 그녀가 울음을 그치자 얼음장 같은 차가운 목소리로 그녀에게 말했다.

"사실대로 말해보세요."

그녀는 손수건을 꺼내 눈물을 닦았다.

"남편이 저를 죽이려고 해요."

엉뚱한 말에 한동안 침묵이 흘렀다.

그녀가 고개를 숙였다가 다시 머리를 들고 정 과장을 똑바로 보았다. 정 과장이 또다시 차가운 목소리로 질문했다.

"왜요?"

"…"

"왜 남편이 부인을 죽이려고 합니까?"

"자기 몰래 다른 남자를 만났다고요."

"단지 그 이유 때문입니까?"

"…"

그녀의 대답이 없자 정 과장은 더 날카로워진 소리로 다그치듯이 물었다.

"이유가 또 있지 않습니까?"

나는 정 과장의 질문과 말투에 어리둥절해졌다. 마치 무언가 알고 물어보는 것 같았다. 정 과장의 위압에 그녀는 순한 양처럼 고분고분 말하기 시작했다.

"돈 5억 원을 사기 당했어요."

"누구한테요? 혹시 남편 몰래 만난 남자에게 사기당했다는 말입니까?"

"네."

"남편이 부인을 어떻게 죽이려고 합니까?"

"저녁마다 심하게 때렸어요. 오늘 저녁까지 5억 원을 찾아오지 않으면 죽인다고 했어요."

"5억 원은 어떻게 구한 돈입니까?"

"아파트를 담보로 해서 빌렸어요. 은행에서."

"누구 명의로 된 아파트요?"

"남편 명의요. 남편 모르게…."

"그 돈으로 어떻게 하려고 했습니까?"

"그 남자랑 도망가려고 했어요."

"그런데 그 남자가 혼자서 돈을 들고 도망간 거군요."

"…."

"그럼 그렇게 말하지 왜 실종 어린이를 들먹였습니까?"

"그냥, 말 꺼내기가 어려워서, 집으로 돌아가라고 할 거 같아서…."

"그 남자 경찰에 신고했습니까?"

"아니요."

"왜 신고하지 않았습니까?"

"처음엔 남편이 알게 될까봐 신고를 안 했어요. 그러다가…."

정인철 과장은 말없이 그녀를 바라보았다.

제보자를 데려온 나는 무안해졌다. 하지만 정 과장이 그녀를 보며 무슨 생각을 하고 있을지 궁금했다. 정 과장은 내부 전화로 형사 한 명을 불렀다.

기다리는 동안 정 과장이 그녀에게 조심스럽게 질문했다.

"도망간 그 남자는 어떻게 알았습니까?"

"초등학교 동창이었어요. 오랜만에 만났는데…."

"지금 남편은 어떻게 만났습니까?"

"제가 다니는 직장에서요."

"직장 동료였습니까?"

"작은 회산데 사장이에요."

"남편은 몇 살입니까?"

"쉰 살이 조금 넘었어요."

그녀는 손수건으로 눈과 코를 훔쳤다.

"아이들은 있습니까?"

"남편과 전 부인 사이에서 난 딸이 하나 있는데 친엄마하고 함께 살아요."

조금 뒤 문이 열리고 젊은 형사 한 명이 들어왔다. 정 과장은 형사를 보고 말했다.

"이 형사, 이분이 5억 원 사기를 당했다고 하시는데 지금 수사과로 모시고 가서 신고하도록 도와드려. 그쪽 팀원에게 잘 얘기해 주라고. 형사과장을 찾아와서 수사과로 인계한다고. 그리고 남편으로부터 심한 구타를 당하고 있어. 그 부분도 조사하라고 해주게. 남편을 폭력혐의로 입건해야 할 거라고 하게. 조사가 끝나면 여성단체가 운영하는 쉼터를 안내해드리라고 하고."

이 형사는 그녀와 함께 방을 나갔다.

정 과장은 짜증스러운 표정으로 그들의 뒷모습을 보다가

몸을 의자에 기댔다. 나는 정 과장에게 말을 걸기가 껄끄러
웠지만, 분위기를 바꾸기 위해서 너스레를 떨었다.

"과장님 민원 처리 능력이 뛰어나시네요."

"뭐, 맨날 하는 일이죠."

"근데 저 여성이 거짓말 한다는 사실을 어떻게 아셨습니
까?"

"척 보면 알죠."

"어떻게요?"

"얼굴하고 체구를 보니까 아이들을 죽여서 매장하기에는
너무 여리고 작아요."

"다른 남자하고 함께 했다고 했잖습니까?"

"그래도 쉽지 않은 일이고 또 진술 순서도 달랐소."

"어떻게 다르다는 말입니까?"

"자신이 범인이라면 일단 어디에 묻혀 있는지부터 말했을
거요. 그리고 어떻게 죽였는지, 왜 죽였는지도. 자신이 위험
에 처했다면 그 다음에 보호해 달라고 얘기했겠지. 하지만
저 여자가 처음 한 말은 자기를 보호해 달라는 거였소."

처음에 나는 정 과장의 주장이 그럴 듯하다고 여겼지만,
며칠 지난 뒤에는 정 과장의 논리가 너무 주관적이라고 생각
했다. 어쨌든 정 과장은 그녀의 제보를 들어보기도 전에 거
짓 제보임을 알았다.

「제보 셋」 형을 미워한 동생

자신의 두 형이 아이들을 납치해 살해했다는 편지를 써서 경찰에 보낸 남자도 있었다. 두 형을 미워해서 거짓으로 이야기를 만든 것으로 밝혀졌다.

나는 정인철 과장이 직접 손으로 작성한 메모 보고서를 통해 경찰 조사 내용을 알게 되었다.

그 남자가 두 형을 미워한 이유는 두 형이 부모의 재산을 가로채 자신을 빈털터리로 만들었기 때문이라는 것이다.

두 형의 주장은 달랐다. 동생이 자신 몫의 재산을 잘못된 사업으로 다 날렸다는 것이다.

제보의 목적은 두 형을 곤란하게 만들기 위해서였다. 정작 제보로 인해서 더 곤란해진 것은 그 남자 자신이었다.

「제보 넷」 언론

세 어린이들이 북한으로 납치됐다는 언론의 주장도 제기됐다. 아이들이 납치된 것은 맞는데 아직까지 찾지 못한 것은 아이들이 북한으로 납치됐기 때문이라는 것이다.

국정원이 실제로 몇 개월 동안 이 사건을 조사했다는 언론 보도가 나오면서 다른 언론들로부터 주목을 받았다. 그러나 그 어떤 언론도 북한 납치설을 다루지는 않았다.

나는 국정원이 실제로 어린이 실종 사건을 조사했는지 취재하지는 않았다. 취재하려고 했어도 국정원을 상대로 취재는 어려웠을 것으로 생각했지만, 그보다는 도대체 누가 아이들을 북한으로 납치했을까, 하는 의문은 아무리 상상력을 동원해도 할 수가 없었다.

정인철 형사과장은 수사 불가능한 영역이라면서 그 기사를 쓰레기통에 버렸다.

「제보 다섯」 밝혀지지 않은 무명인

세 어린이가 실종된 그 이듬해 여름이었다. 저수지를 수색해야 한다는 제보가 들어왔다. 제보자는 밝혀지지 않았다.

경찰은 그 제보를 받자마자 행동에 옮겼다. 아이들이 용무산에 매장됐을 가능성에만 주력한 것에 대한 일종의 반성이라고나 할까?

누군가 말한 것이다. 매장됐을 것으로만 생각하고 수장됐을 가능성은 없다고 보느냐고.

당시 용무산 주변에는 농경지가 대부분이었고 곳곳에 저수지가 있었다. 막상 저수지 물 빼는 작업을 시작하자 크고 작은 저수지와 작은 못이 그렇게 많은 줄 몰랐다. 열 개가 넘었다.

큰 저수지는 수문을 열어서, 작은 저수지는 양수기를 돌려서 물을 빼냈다. 그런데 큰 저수지 안에는 수문의 높이보다 낮은 부분이 있었다. 나는 수문만 열면 저수지에 담긴 물이 모두 빠지는 줄 알았다. 어떤 저수지는 물이 빠지고 난 뒤에 남은 구덩이의 규모가 지름 50미터가 넘었다. 그런 곳은 잠수부를 동원해서 바닥을 수색했다.

아이들은 저수지에 없었다.

주민들은 아까운 물만 버렸다면서 물이 다시 채워지려면 시간이 한참 걸릴 거라고 불평했다. 저수지 수색은 경찰을 동원해 용무산을 수색하는 것보다 더 많은 비용이 들었다. 경찰이 특정 용역 업체에 일을 몰아준다고 비판한 기자도 있었다. 수사본부 경찰은 비판 내용에 무관심해졌고 말수가 갈수록 줄어들었다.

「제보 여섯」 초등학교 3학년 어린이

어린이들까지 제보하기 시작했다. 어린이의 상상력은 어른보다 풍부하다. 경찰이나 언론에 어떻게 제보하는지 방법은 몰라도 관심을 모으는 데는 어른보다 더 뛰어나다. 어른의 제보는 '누군가가 살해, 납치, 매장했다'는 식으로 가해자에 대한 서술이 주를 이루었지만, 어린이의 제보는 어른의 제보와는 성격이 달랐다.

일상적인 상황에서 듣는다면 유치하다고 생각할 수 있다. 하지만 모든 수사가 벽에 부딪혔을 때 듣는다면 개연성이 높다고 생각할 수도 있었다.

동촌구에 있는 한 아파트에서 경비원이 화단에 떨어져 있는 편지 한 장을 발견해 경찰에 신고했다. 특별수사본부 형사들은 그 편지를 보고 잔뜩 긴장했다. 편지에는 자신을 쌍둥이 자매 가운데 동생인 나인영이라고 지칭하는 어린이의 구조 요청 내용이 적혀 있었다.

무서운 아저씨들에 의해 납치돼 어디인지 모를 창고에 갇혀 있는데 음식도 제대로 주지 않아 배고프고 춥다는 내용이었다. 편지를 발견하는 사람은 경찰에 신고해서 자신을 구해 달라는 내용도 적혀 있었다.

나는 동료 기자로부터 특별수사본부 형사들이 그 아파트에 집결하고 있다는 연락을 받았다. 동료 기자는 나에게 낙종하기 싫으면 최대한 빨리 그 아파트로 가라고 했다.

나도 이번 제보는 어느 정도 신빙성이 있다고 판단했다.

편지를 직접 읽지 못했지만 아이의 글씨체로 쓰여 있었다는 점, 유력한 이론 가운데 하나인 납치설에 부합한다는 점,

용무산에서는 세 어린이를 찾을 수 없었다는 점, 편지가 발견된 아파트 단지의 위치가 용무산에서 5킬로미터 정도 떨어져 있어서 가해자가 두 명 이상이라면 어렵지 않게 세 어린이를 데려왔을 수도 있다는 점, 그리고 가장 중요한 것은 세 어린이가 또는 그 가운데 한두 명이 아직도 살아있을지 모른다는 희망 때문이었다. 아마도 경찰이 순식간에 현장에 집합한 가장 큰 이유는 그 희망 때문이었던 것 같다.

아파트 단지로 달려온 기자들이 정인철 형사과장 주위로 몰려들었다. 카메라 기자들도 보였다. 어떤 기자는 마이크를 들이대고 있었다. 정 과장은 인터뷰를 할 수 있는 상황이 아니라면서 카메라 기자들에게 떨어져 있으라고 요청했다.

취재기자들이 정 과장을 에워쌌다. 기자들은 정 과장이 나누어준 편지 복사본을 받아서 읽었다. 글씨는 6학년보다 더 어린 아이가 쓴 것 같았다.

"나인영 글씨가 맞습니까?"

"지금 필적 감정을 하고 있어요."

"결과는 나왔습니까?"

"곧 나올 거요."

"경찰은 어떻게 보고 있습니까."

흥분한 기자들에 비해서 정인철 과장은 매우 침착한 모습을 보여주었다. 냉정함을 유지하며 대답했다.

"필적 감정 결과가 곧 올 거요. 결과가 나와야 수사 방향을 잡을 수 있을 거 같습니다."

"이 근처에 창고가 있습니까?"

"지금 형사들이 찾고 있어요. 관리소와 주민들 상대로 탐문도 하고 있습니다."

나는 정인철 형사과장의 표정으로 미루어 그가 편지 내용에 신빙성을 부여하지 않는다고 생각했다. 뭐라고 말할 수 없지만 그런 느낌이 들었다.

내 머릿속에서도 의문점이 하나 둘 떠오르기 시작했다. 정 과장에게 질문했다.

"인영이가 쓴 편지라면 누가 이 편지를 여기 화단에 떨어트렸다고 보십니까? 창고에 잡혀 있는 인영이가 편지를 이곳에 떨어트려 놓고 다시 창고로 갔을 리는 없지 않습니까? 그렇다고 아이들을 납치한 무서운 아저씨들이 이곳에 떨어트렸을 리도 없고요. 편지를 나인영으로부터 전해 받은 누군가가 이 화단에 들어와 편지를 떨어트렸을 거 같지도 않고요. 편지를 전해 받았으면 바로 경찰에 신고하지 않았을까요?"

내 질문에 정 과장은 씩 웃고는 말이 없었다. 나와 정 과장의 표정을 본 다른 기자들이 허탈한 표정을 지었다. 우리는 모두 고개를 들어 화단 위 아파트 창문들을 보았다. 20층 높이의 아파트였다.

아파트 현관 쪽에서 어린이의 울음소리가 들렸다. 여자 어린이가 눈물을 펑펑 쏟으며 울고 있었고 엄마로 보이는 여성이 딸아이의 어깨에 손을 올린 채 달래고 있었다. 그들 양쪽에 여성 두 명이 있었는데 형사들로 보였다. 형사들은 아이와 엄마를 정인철 과장에게 데려왔다.

그 모습을 본 순간 기자들과 형사들은 편지 사건의 진상을 깨달을 수 있었다.

나인영의 필체와 다르다는 연락이 본부로부터 왔다. 필적 감정이 필요 없어진 이후였다.

특별수사본부는 수사의 필요성 때문에 세 어린이의 노트를 보관하고 있었다. 노트 가운데는 인영이의 일기도 있었다. 쌍둥이 자매의 인형과 가방, 액세서리, 유동구의 장난감과 같은 물품도 확보하고 있었다. 수사본부 형사들은 쌍둥이의 부모를 부를 필요도 없이 보관하고 있는 인영이의 일기와 화단에 떨어진 편지를 비교해 필적을 감정했다. 글씨체는 확연히 구분돼 누가 봐도 달랐다. 전문 감정사에게 의뢰할 필요도 없었다.

부모를 부르지 않은 것이 다행이라며 본부에서 필적 비교 작업을 한 형사들은 정인철 과장에게 감정 결과를 전화로 연락했다. 그렇지만 세 어린이 가족은 소식을 듣고 벌써 아파트 현장에 도착해 있었다.

가족들은 울음을 그치지 못하는 어린이를 무표정한 얼굴로 말없이 내려다보고 있었다. 그 표정이 너무나 고요해 아무도 개입할 엄두를 내지 못했다. 아이의 엄마와 옆에 있는 형사들은 그 자리에 굳은 채 고개를 숙이고 있었다. 세 어린이 가족들과 눈을 맞추지 못했다.

나는 그 장면을 생생히 기억하고 있다. 몇 분 안 되는 시간이었지만 몇 시간을 모두가 굳은 채 서 있었던 것 같았다. 카메라 기자들은 카메라를 내린 채 다른 곳을 쳐다보고 있었다. 어떤 카메라 기자는 조용히 아파트를 빠져 나갔다.

여자 어린이는 초등학교 3학년이었다. 그래서 그런지 그 아이의 글씨체는 어른스러운 나인영의 글씨체와 비교해 훨씬 귀여워 보였다. 내가 봐도 획의 성격을 분석할 필요가 없을 정도였다.

그 어린이는 3층 창문을 열고 편지를 접어 밖으로 던졌다. 그 어린이에게 왜 장난 편지를 써서 밖에 있는 화단으로 던졌는지 물어본 형사나 기자는 없었다.

정인철 과장은 엄마에게 어린이를 데리고 집으로 들어가라고 손짓했다. 아이의 엄마는 눈물을 흘리며 코를 훌쩍거리는 딸을 데리고 거대한 위협에서 도망치듯이 현관 안으로 뛰어들어갔다. 사십 대 남자가 어디선가 뛰어오면서 우리 쪽을 한 번 보더니 엄마와 딸아이를 따라 현관 안으로 뛰어갔다.

아마도 여자 어린이의 아빠였던 것 같다.

그 가족은 세 어린이 가족들에게 미안하다는 말이나 머리를 조아릴 여유는 없어 보였다. 아마도 자신의 가족이 마주한 상황이 현실이 아니라 꿈이었으면 좋겠다고 그들도 생각하지 않았을까?

나에게 각인된 또 하나의 기억이 있다.

그 어린이와 엄마가 아파트로 들어간 뒤였다. 그들을 붙들고 있던 두 여성 경찰관의 턱이 떨리고 있었다. 두 경찰관은 세 어린이 가족들 바로 앞에 서 있었다. 정인철 과장은 세 어린이 가족 앞에서 한동안 말을 잊은 채 고개를 숙이고 있었다.

화단에 장난 편지를 던진 3학년 어린이는 쌍둥이 자매의 입장에서 생각했던 것 같다. 어린 아이는 죽음을 상상하지 않았다. 오히려 세 어린이의 부모와 경찰에게 실종 어린이들이 살아있을지 모른다는 희망을 던져주었다. 그 희망이 결국 더 큰 절망감으로 변할 거라고는 예상하지 못했다.

장난 편지를 쓴 3학년 어린이가 울음을 그치지 못한 것은 자신의 순진한 장난에 어른 수십 명이 몰려든 것을 보고 감당하지 못했기 때문이기도 하겠지만 세 어린이의 죽음을 확인하는, 같은 세대의 애도 같기도 했다. 지금 나는 그렇게 생각한다.

또 한 가지 잊지 못하는 것은 장난 편지와 함께 또다시 확인한 인영이의 일기였다.

나는 경찰 출입을 그만 둔 이후에도 세 어린이 실종 사건 관련 자료를 계속 모았다. 제보든, 해프닝이든 관련 사건이 발생하면 일단은 내 파일 속에 넣었다. 세 어린이 실종 사건은 아무리 생각해도 이해할 수 없는 사건이다. 기록을 위해서라도 모아야 한다고 생각했다. 또 언젠가 해결된다면 그날의 뉴스를 위해서라도 자료를 모아두는 것이 필요했다.

인영이의 일기도 대부분의 다른 자료와 마찬가지로 복사본으로 보관했다. 인영이는 숙제로 일기를 쓴 것은 아니었다. 누구에게 보여주기 위해 쓴 것이 아니다. 그래서 솔직하다.

인영이는 일주일에 한두 번씩 일기에 자신의 생각을 표현했다. 나는 가끔 인영이의 일기를 읽었다. 장난 편지 사건 때는 필적을 보려고 다시 꺼내 보았는데 그러다가 처음부터 끝까지 1년 동안의 일기를 다 읽었다. 그 후 자료를 뒤적이다가 일기가 눈에 띄면 또다시 열어보았다.

열세 살 나인영은 그 또래 아이들이 대부분 그렇겠지만 자기만의 세계를 갖고 있는 게 분명했다. 인영이는 이성이 아니라 감성으로 사물의 핵심을 콕 집어냈다.

제보가 들어올 때마다 경찰은 긴장했다. 내용에 따라 가족의 기대감도 컸다. 하지만 시간이 갈수록 경찰은 거짓 제보 때문에 수사력을 낭비했다. 가족은 낙담했다. 형사들은 갈수록 지치고 의욕을 잃게 되었다. 가족은 점점 피폐해졌다.

실종 1년이 지났을 때였다. 한 제보가 만들어낸 해프닝은 무지의 결과라고 보기에는 너무나 엉뚱한 사건이었다. 지푸라기라도 잡고 싶어 하는 경찰의 절박한 심정과 언론의 선정성이 결합해 만들어낸 희극적인 비극이었다. 그때까지 나는 그렇게 이해했다.

이 해프닝은 한 신문이 제보 내용을 짧게 보도하면서 시작됐다. 경찰과 언론은 지금도 잊을 수 없는 사건으로 기억하고 있지만, 사람들에게는 거의 알려지지 않았다. 어느 언론도 속보를 다루지 않았기 때문이다. 나 또한 마찬가지였다. 하지만 언젠가는 9년 전 봉인된 그 사건의 경위를 조사할 필요가 있다고 생각했다.

나는 9년 전 그곳으로 차를 몰았다.

Ⅳ. 스트레이트

팩트만으로 내용을 구성한 기사

13

마을 앞 주차장에 차를 세웠다. 외부인은 걸어서 마을로 들어가야 한다.

9년 전에도 이 길을 걸어갔다. 그때도 내 어깨 위에 낙엽이 떨어졌다. 주차장에서 마을 입구까지 연결된 길은 거리가 200미터 정도였다. 길 양쪽은 숲이었다. 안쪽 마을도 산으로 둘러싸여 있었다.

마을에서 누군가 나오더라도 담담하게 눈인사 한 번 하고 지나치겠다고 생각했다. 하지만 마을 주민은 눈에 띄지 않았다. 마을 안으로 들어설 때까지 승용차나 화물차도 지나가지 않았다.

마을에 들어서자 입구에 회관이 보였다. 9년 전 모습 그대로였다. 내 가슴이 강렬하게 요동쳤다. 나는 손으로 심장 부분을 가볍게 쥐었다.

회관 안쪽 창고에는 내 기억의 조각난 파편들이, 의문이 가시지 않은 상태로 아직도 수거되지 않은 채 흩어져 있었다.

마을 회관 안에서 두 명의 여성이 나오다가 나를 발견했다. 그들은 외부에서 들어온 나를 보고 무슨 용무로 왔는지 눈으로 물었다. 얼굴로 보아서는 별다른 특징이 눈에 띄지 않았다. 나는 그들에게 허리를 굽히고 웃으면서 인사했다.

"안녕하세요. 박 신부님 뵙기 위해서 왔습니다. 저쪽에 있는 성당으로 가는 길입니다. 연락은 드렸습니다."

두 여성은 내 말에 미소 지으면서 마을 안쪽으로 들어갔다. 나는 그들의 뒷모습을 보면서 성당으로 연결된 마을 옆길로 방향을 바꿨다. 20분 정도 걸어가야 성당에 도착할 수 있다. 다른 길로 갈 수도 있었지만, 일부러 이 마을 회관을 거쳐서 성당으로 걸어가는 길을 택했다. 그때 내가 겪은 기억을 다시 꺼내 인과적인 배열로 새로 편집하고 싶었다.

그날 나는 기대와 희망, 실망, 공포, 부끄러움이라는 모든 감정을 하루에 다 경험했다.

9년 전 이맘때 나는 한 언론단체가 주관하는 환경교육 프로그램에 참여했다. 기자들을 대상으로 하는 프로그램이었다.

당시 환경 담당 기자는 이미 한 차례 수료한 적이 있었기 때문에 다른 기자들 몇 명이 대타를 선발하기 위해 제비뽑기를 했다. 그 결과 내가 프로그램에 참여하게 되었다.

교육 프로그램이 생기면 그것을 핑계로 보도국을 탈출하려는 기자가 있고, 교육받는 것을 생리적으로 싫어하는 기자가 있다. 나는 전자였다.

당시 세 어린이 실종 사건 수사는 소강상태였다. 제보도 뜸한 시기였다. 나는 교육에 참여하기 전에 당시 캡에게 수사 상황을 메모해서 넘겼다. 경찰이 최근 접수한 제보 한 건도 캡에게 알려주었다. 그 제보는 정인철 형사과장이 의정부시청 민원 담당 공무원으로부터 받은 것으로 서울 외곽의 한 센병 환자 정착촌 주민들이 아이들을 납치해 암매장했다는 내용이었다.

특별수사본부도, 기자들도 별 관심을 두지 않았다. 나는 캡에게 경찰 조사 여부만 체크하고 기사를 쓸 필요는 없다고 했다.

환경교육은 서울 근교에 있는 한 수련원에서 일주일 동안 진행됐다. 공부보다는 보도국을 탈출할 수 있어서 잘됐다고 생각했다. 더 좋았던 점은 교육을 받는 동안 내 옆자리에 환경문제를 전문적으로 취재하는 신문사 여기자가 앉았다는 것이다.

좌석이 지정되는 것은 아니지만 교육 첫 시간에 한 번 자리를 잡으면 마지막 시간까지 바꾸지 않게 된다. 메모지와 필기구, 노트북, 가방을 휴식 때마다 옮길 필요가 없기 때문이다. 나는 자연스럽게 그 여기자와 많은 대화를 하게 됐고 그러다 보니까 커피도 여러 차례 함께 마시게 됐다. 그날의 교육이 끝나고 삼삼오오 모여 술을 한잔할 때도 나는 그 여기자와 함께 앉았다.

지금도 그렇지만 당시 나는 솔로였다. 새벽부터 늦은 밤까지 매일 사건에 쫓기다 보면 여성을 만날 시간도 기회도 거의 없다. 시간이 난다 하더라도 사건을 쫓아다니다 지친 몸으로 잠이나 자기 일쑤다. 그렇다고 여성과의 만남을 포기한 것은 아니었다. 단지 상황이 허락하지 않았을 뿐이었다.

동료 사건기자 가운데 여기자는 별로 눈에 띄지 않았다. 다른 방송사 여기자는 가끔 볼 수 있었지만 같은 분야라서 그런지 매력을 느끼지 못했다. 그런 상황에서 다른 구조와 시스템에서 일하는 신문사 여기자는 매력도가 높았다.

그 여기자는 계란형의 둥근 얼굴에 부드럽게 파마한 짧은 머리, 작은 키, 마른 체형이었다. 매일 다른 원피스를 입었고 그리 높지 않은 구두를 신었다. 나보다 나이가 적고 입사도 늦지만 그렇다고 나에게 선배 대접을 하지는 않았다. 그 점이 더 좋았다.

그녀는 강의 시간마다 질문을 했는데 놀랄만한 전문지식과 학자와 같은 어휘를 구사해 세련되어 보였다. 하루 벌어 하루 먹고 살 듯이 그날의 사건을 취재하고 시간에 쫓겨 기사를 마감해야 하는 나 같은 사건기자와는 다른 세계에서 사는 것 같았다. 그때는 그렇게 생각했다.

그녀는 어린이 실종 사건에 흥미를 보였다.

그녀는 용무산이 도시 안에 고립된 작은 숲이라면서 이런 모습은 비극적이라고 했다. 일반적으로 도시가 산으로 둘러싸여 있는데 용무산은 분지 안에 있는 작은 산으로 그마저 자기의 작은 몸덩이를 조금씩 도시에 내주면서 더욱 고립되어가고 있다고 했다.

특히 용무산의 영역을 끊임없이 파먹고 있는 재개발을 야만적인 행위라고 비난했다. 그런 상황에서 아이들까지 실종됐으니 용무산의 이미지는 참혹하다고 했다.

나는 그녀에게 환경전문가의 관점에 동의한다고 말하고, 그렇지만 사실은 누군가가 아이들을 해치고 숨긴 것이라고 말했다. 그녀는 그와 같은 팩트 타령은 전형적인 사쓰마리의 좁은 식견이라고 힐난했다.

하루는 그녀가 세 어린이 실종 사건에 대한 자기 견해를 진지하게 얘기했다.

"김 형, 실종 사건을 수사한다고 표현하잖아요? 도대체 무엇을 수사하는지 명확하지가 않은 것 같아요. 차라리 가장 큰 가능성에 초점을 맞춰서 수사하는 것이 해결 가능성이 크지 않을까요?"

"가장 큰 가능성은 무엇이라고 생각하는데요?"

"아이들 실종은 타인에 의한 행위라고 보는 것이 스스로 자취를 감췄다고 보는 것보다 훨씬 가능성이 크고요. 타인에 의한 행위는 세 어린이에 대한 동시적인 폭행치사, 아니면 한 아이에 대한 폭행치사 후 이 행위를 숨기기 위한 나머지 애들 살인, 그리고 우발적인 살인 또는 계획적인 살인, 어쨌든 아이들을 숨지게 한 후 시체 유기, 이렇게 정리할 수 있지 않을까요? 그런데 어떤 경우든 범인이 한 명이면 불가능할 것 같지 않아요? 그래서 범인은 두 명 이상이라고 보이고요."

"그렇다면 두 명 이상이 어떻게 죽이고 유기했다고 보시죠? 그중에서 가장 큰 가능성은 무엇이라고 보세요?"

"계획적인 살인의 가능성이 가장 높지 않을까요? 두 명 이상이 세 명을 폭행해서 숨지게 하는 것은 요즘 세상이라면 조폭 간 싸움에서나 가능하지 않을까요? 또 한 명을 폭행해서 죽인 뒤에 그 사실을 은폐하기 위해서 다른 두 명을 살인하는 것도 현실적으로 보면 가능성이 적을 것 같아요.

아이들은 다 큰 아이들이고 태권도도 배우고 있었어요. 싸

우진 못했어도 도주는 했을 거예요. 잡아서 살해하기도 어렵지만 그런 상황에서 시체를 처리하는 것은 더 어렵지 않을까요? 보통 사람들일 경우에 말이죠."

"보통 사람은 어렵겠지만 보통 사람이 아닐 수도 있지 않을까요? 진짜 조폭이거나 아니면 매우 폭력적인 사람들이거나. 안 그런가요?"

"그러니까요. 다 큰 애들 세 명을 죽이고 아무도 모르게 숨기는 것은 보통 사람으로서는 불가능하다는 것이 제 얘기에요. 여기서 보통 사람이 아니라는 것은 무계획적이지 않은 사람과 일맥상통하지 않을까요? 그러니까 계획적인 살인사건으로 보아야 1년이 지나도록 아무런 단서를 찾지 못하고 있는 지금의 상황을 설명할 수 있지 않을까요?"

나는 그 여기자의 말을 건성으로 들었다. 사건에 대한 정보를 얻는다기보다는 그녀와 가급적 많은 대화를 나누는 것이 목적이었기 때문이었다. 그 기자는 나에게 최종 결론을 제시했다.

"수사 방향을 여러 개로 잡은 것이 실패의 원인이라고 볼 수 있어요. 차라리 가장 가능성이 높은 방향을 설정해서 수사를 하는 게 좋지 않을까요? 가장 높은 가능성은 두 명 이상의 범인이 계획적으로 세 어린이를 살해한 뒤 시체를 유기했다고 보고 수사를 하는 거죠. 납치해서 살해했을 수도 있고, 살해한 뒤 시체를 옮겼을 수도 있고요."

"경찰도 그런 가능성을 열어두고 있어요. 문제는 그럴 경우 살해 동기죠."

"제 말은 가능성을 열어둘 게 아니라 가장 큰 가능성이라 보고 올인 하는 것이 사건 해결 가능성이 높다는 거예요. 그리고 살해 동기는 원한, 치정, 재물 강탈, 이를 목적으로 한 청부 살인, 이런 도식에 얽매이지 말고 좀 더 폭넓게 생각해야 한다고요."

교육 프로그램은 금요일 오전에 끝났다. 나는 그 여기자와 시내로 이동해서 함께 점심을 먹는다는 희망찬 계획을 세웠다. 적어도 일주일에 한 번은 만날 수도 있다고 생각했다.

수료식을 마치고 각자 짐을 싸기 위해 자기 방으로 갈 때 나는 그 기자를 로비 카페로 데려갔다. 그동안 많은 것을 배웠다면서 고마움을 표시했고 그녀도 나에게 다양한 정보를 얻었다고 했다.

나는 그 기자에게 학자 같다고 했다. 그녀는 웃었다. 나도 웃으면서 시내로 이동해 점심을 함께 하자고 제안했다. 회사로 복귀하지 않아도 될 것 같으니까 같이 데이트라도 하자고 제안했다.

그녀는 더 크게 웃었다. 그리고 거절했다.

신랑이 한 주 동안 아이를 혼자서 돌보았기 때문에 최소한 오늘만이라도 신랑과 아이들에게 충실해야 한다면서 나에게 결정타를 날렸다. 나는 아무 말도 할 수가 없었다. 한마디 하긴 했다. 아이까지 있는 줄은 상상하지 못했다고.

나는 그 기자의 차가 시야에서 사라질 때까지 바라보았다. 점심을 어디서 먹을까 고민도 했다.

그때 당시 사회부장으로부터 전화가 왔다. 사회부장은 나에게 서울로 들어오는 길에 제보에서 언급됐던 한센병 환자 정착촌에 들러 캡과 만나라고 했다. 캡의 전화가 불통이라고 했다. 사회부장은 쉬지 못하게 해서 미안하다고 말하면서 급하다고 했다.

나는 사회부장의 지시대로 서울로 들어오는 길에 한센병 환자 정착촌을 찾았다. 지붕 위로 날아간 닭을 쫓다가 하늘만 올려다보는 강아지처럼 나는 그 신문사 여기자 생각에 몰입한 나머지 캡이 왜 한센병 환자 정착촌에 갔는지, 무슨 일이 생겼는지 사회부장에게 물어볼 생각을 하지 못했다.

마을 밖 주차장에는 경찰 승용차 석 대와 승합차 넉 대가 주차해 있었다. 의무경찰로 보이는 젊은 경찰 여러 명이 얼어붙은 부동자세로 서 있었다. 모두가 겁에 질린 표정이었다. 경찰 간부는 보이지 않았다.

나는 마을로 연결된 길로 들어섰다. 그곳에서 사십 대 남자 두 명이 나에게 다가왔다. 나는 그들이 정착촌 마을 주민이라고 생각했다. 그들이 한센병 환자라는 생각에 두려운 생각도 들었지만 그들의 얼굴에 한센병 흔적이 보이지 않는 것 같아서 내심 안심했다.

두 남자 모두 하얀색 목장갑을 끼고 있었다. 나는 그들이 손에 생긴 한센병의 흔적을 장갑으로 숨겼다고 생각했다. 그들 가운데 검은색 피부에 군용 재킷을 입은 강인한 인상의 남자가 나에게 물었다.

"실례지만 무슨 일로 오셨습니까?"

"안녕하세요, 저는 방송 기잡니다. 마을에 우리 회사 기자가 한 명 들어가 있을 텐데, 전화 통화도 되지 않고 해서 직접 만나러 왔습니다."

내 말에 그들의 표정이 굳어졌다. 군용 재킷의 남자가 다시 나에게 물었다.

"아, 기자님이시군요. TV 뉴스에서 본 것도 같습니다. 실례지만 성함이 어떻게 됩니까?"

"저는 김환이라고 합니다."

"네? 김환 기자님이세요?"

그는 나를 반기는 듯했다. 아마도 뉴스에서 나를 몇 번 본 것 같았다.

"잘됐습니다. 이쪽으로 오시죠. 제가 안내하겠습니다."

군용 재킷의 남자는 웃으면서 앞장섰다. 뒤따르는 나에게 그가 물었다.

"그 기자와 만나서 무엇을 하실 겁니까?"

"회사 지시로 와서…. 무얼 할지는 일단 만나봐야 알 것 같습니다. 아마도 마을에서 취재를 하는 것 같습니다. 지금 서울 밖에 있다가 들어오는 길이라서 자세한 내용은 저도 잘 모릅니다."

"아, 그래서 오신 거군요."

남자의 얼굴에 잠시 미소가 비쳤다. 그는 빠른 걸음으로 걸었다. 말없이 걷는 그에게 질문했다.

"이 마을에 무슨 일이 있습니까?"

"모르십니까?"

나는 취재와 관련된 질문은 하지 않기로 했다. 그의 말투가 처음과는 달리 갑자기 퉁명스럽게 변했기 때문이었다. 나는 말을 돌렸다.

"마을에는 몇 분이 사십니까?"

"40명이 좀 넘습니다."

그는 목장갑을 낀 두 손을 군용 재킷 양쪽에 붙은 큰 주머니에 넣고 앞만 보고 걸었다.

"달걀을 많이 생산하시죠? 벌도 치시고요. 수입도 괜찮은 것으로 알고 있습니다만, 혹시 정부 지원도 받으십니까?"

"먹고 사는 데는 별문제 없습니다."

"이 마을 주민들은 밖에 나가서 사셔도 되시는 분들이라고 들었습니다만."

그는 내 얼굴을 한 번 보고는 다시 앞을 바라보면서 비꼬 듯이 말했다.

"우리가 밖에 나가서 살 수 있겠어요?"

"아, 그런 뜻이 아니고요, 거의 완치됐거나 전염 가능성이 없는 분들이라고 알고 있어서 여쭤본 겁니다."

남자는 내 얼굴을 다시 한 번 쳐다보았다. 불쾌하다는 표 정이 분명했다.

"전염 가능성이 없다고 생각하세요?"

나는 그의 말에 내심 놀랐지만 아마도 내 말이 아니꼬워서 나를 일부러 겁주려고 한 말이 아닐까 이해했다.

마을 입구에 작은 건물이 보였다. 마을회관이었다. 그 앞에 도 의무경찰들이 부동자세로 서 있었다. 낯익은 형사들도 여 러 명 서성거렸다.

모두가 아무 말 없이 나를 바라보고 있었다. 나는 그들이 겁에 질렸다는 것을 그들의 얼굴 표정에서 읽을 수 있었다. 무엇인가 잘못됐다고 직감했다. 나는 군용 재킷의 남자를 따 라 마을회관 건물 안으로 들어섰다.

회관 입구 오른쪽에는 사무실이 있었는데 벽이 유리로 되어 있어서 안을 들여다 볼 수 있었다. 사무실 안에는 마을 주민으로 보이는 남자들이 예닐곱 명 앉아서 이야기를 하고 있었다. 키 큰 남자 한 명이 등을 보이고 서 있었다. 대화하던 그들 모두가 회관에 들어선 나와 눈이 마주쳤다. 그들과 얘기하던 키 큰 남자도 몸을 돌려 나를 보았다. 그와도 눈이 마주쳤다. 나도 놀랐고 그도 놀랐다. 키 큰 남자는 동촌경찰서 정인철 형사과장이였다.

앉아 있는 주민 가운데 나이가 가장 많아 보이는 흰 머리의 남자가 눈짓으로 신호를 보냈다. 군용 재킷의 남자는 그 신호에 고개를 끄덕이고는 나에게 따라오라고 재촉했다. 정인철 과장은 처음에는 놀란 표정을, 다음에는 일그러진 표정을 지었지만, 나에게는 아무 말도 하지 못했다. 입이 얼어붙은 것 같았다.

복도에는 양쪽으로 방이 몇 개 있었다. 내부는 보이지 않았다. 군용 재킷의 남자는 복도 끝에 있는 안쪽 방으로 나를 안내했다. 캡이 이 방에 갇혀있는 것은 아닐까? 캡이 무엇을 잘못한 것일까? 순간적으로 캡은 지금 취재하는 것이 아니라 억류되어있을지도 모른다는 생각이 들었다.

그가 방문을 열었다. 방이라기보다는 창고와 같았다. 높은 곳에 작은 창이 나 있는 어두컴컴한 창고였다. 캡은 없었다. 남자는 문밖에 서서 나에게 그 창고로 들어가라고 손짓했다.

"우리 기자는 어디 있습니까?"

"이 방에서 기다려!"

그는 포로를 잡은 승리자의 표정으로 명령했다. 그의 반말과 자신감 있는 행동에 불안한 예감이 현실임을 깨달았다.

내가 창고에 들어서자 남자는 더 안쪽으로 들어가도록 내 등을 밀었다. 그리고 놀라 돌아선 나에게 다가서며 하얀색 목장갑을 낀 손을 내밀었다.

"핸드폰!"

나는 반항할 생각도 하지 못하고 얼어붙은 팔을 억지로 움직여서 바지 주머니에 들어있던 핸드폰을 꺼내 그의 오른쪽 손바닥 위에 올려놓았다. 그는 내 핸드폰을 자신의 군용 재킷 오른쪽 주머니에 떨어뜨리듯이 넣었다. 그리고 왼쪽 손으로 오른쪽 손의 목장갑을 벗겼다. 그는 맨손으로 주먹을 쥐고 그 주먹을 내 코앞까지 들이대면서 낮은 톤으로 명령했다. 손가락이 온전하지 않았고 주먹 또한 형태가 둥글지 않았다.

"이 방에서 기다려. 밖으로 나오면 죽을 줄 알아. 쓰레기 자식!"

그는 밖으로 나가서 문을 거세게 닫았다.

길고 불안한 시간이 흘렀다. 어디서 잘못된 것인지 알 수 없었다. 그래서 더 불안했다. 문을 열고 나갈까 하다가 포기했다. 높은 창으로 넘어 들어오는 늦가을 오후의 누런 햇빛을 보면서 그때까지는 한 번도 믿어본 적이 없는 하느님에게 아무 일 없도록 해달라고 기도까지 했다.

문이 열렸다.

나를 안내한 군용 재킷의 남자가 앞서서 들어왔다. 그 뒤로 아까 눈짓을 했던 나이 많은 남자가 따라 들어왔다. 가까이서 보니까 눈썹과 코에 한센병 흔적이 보였고 작업복을 입고 있었다. 인상이 나쁘다는 느낌은 없었지만, 나는 두 사람의 모습에 겁이 났다. 캡은 보이지 않았다. 나이 많은 남자에게 물었다.

"어르신, 저희 기자는 어디 있습니까? 억!"

나의 질문이 끝나기 전에 주먹이 내 얼굴로 날아왔다. 나는 본능적으로 두 팔로 얼굴을 가렸다. 그러자 내 양쪽 복부에 주먹이 한 차례씩 날아왔다. 주먹을 맞은 나는 뒤로 몇 걸음 물러섰다. 정신이 나간 나에게 군용 재킷의 남자가 얼굴로 양 주먹을 날렸다. 나는 또 양팔로 얼굴을 가렸다.

"쓰레기 자식, 이쪽으로 와! 똑바로 서! 팔 내려!"

그는 양 주먹으로 나의 배를 한 차례씩 더 때렸다. 그는 씩씩거리면서 나에게 소리를 질렀다.

"이 새끼가, 관등성명 안 대? 내 주먹을 막거나 관등성명을 대지 않으면 저기 있는 사람들 다 와서 몽둥이로 너를 때려죽일 거야."

그는 나에게 주먹을 휘둘렀다. 나는 무서웠다. 나도 모르게 내 입에서 그가 요구하는 관등성명이 튀어나왔다.

"병장 김환!"

"네가 지금 군인이야? 똑바로 못 대?"

그의 주먹이 내 가슴 쪽으로 날아왔다.

"기자 김환!"

"그래, 바로 그거야. 네놈이 바로 그 기자 김환이야. 쓰레기 새끼!"

그는 계속 나에게 주먹을 날렸다. 나는 한 대 맞을 때마다 '기자 김환!'을 외쳤다.

수십 대 맞았을까? 기억이 나지 않는다. 다만 수십 대 맞으면서 목장갑을 벗은 군용 재킷 남자의 주먹으로부터 얼굴만은 방어해야 한다는 본능은 계속 작동했다. 그들로부터 한센병이 전염되지 않는다는 사실을 알고는 있었지만, 내 두 팔은 얼굴을 가렸다. 관등성명을 대거나 아픈 것은 아무렇지 않았다.

"그만해라."

나이 많은 남자가 낮은 목소리로 말했다. 내 귀에는 구세주의 외침처럼 크게 들렸다. 군용 재킷의 남자가 주먹질을 멈췄다. 분을 못 참는 듯 여전히 씩씩거렸다. 나이 많은 남자가 나에게 말했다.

"당신이 김환 기자요?"

"네."

"그런데 왜 여기 들어온 거요?"

"동료 기자를 만나라는 부장 지시를 받고 왔습니다."

"동료 기자를 빼내라고 지시하던가요?"

"연락이 안 된다고 해서 직접 만나러 온 겁니다. 지금 외부에 있다가 서울로 들어오는 길이라서 자초지종은 잘 모릅니다."

"자초지종을 모른다니, 의외네요."

"어르신, 저에게 왜 이러십니까? 우리 회사 기자는 어디 있습니까?"

나의 질문에 군용 재킷의 남자가 끼어들었다.

"너희 회사 기자인지 뭔지 댓 명이 여기서 죽사발이 되게 얻어터지고는 우리가 경찰들과 얘기하는 사이에 몰래 마을을 빠져나갔어. 여기는 너 혼자야, 이 쓰레기 새끼야!"

군용 재킷의 남자가 주먹을 또 들어 올렸다. 나이 많은 남자가 말렸다.

"당신 지금 모른 체하는 거야, 아니면 진짜 모르는 거야?"

"정말 모릅니다. 기자가 이곳에서 취재하는 줄 알았습니다."

"무슨 취재?"

"그건 저도 잘 모릅니다."

"당신 거짓말하고 있어. 모르긴 뭘 몰라, 당신이 말한 거 아니었나? 용무산마을 세 아이들을 우리가 납치해서 암매장 했다고. 안 그랬나?"

"…."

군용 재킷의 남자가 나이 많은 남자를 쳐다보며 말했다.

"이장님, 이 쓰레기 새끼는 반 죽여야 해요. 거짓말하는 거 보세요. 야비한 놈 아닙니까?"

그가 또 주먹을 들었다. 나는 뒤로 물러서며 이장에게 말했다.

"그건 경찰로부터 받은 제보를 제가 교육 들어가기 전에 전달한 겁니다. 동료 기자에게 그냥 진행 상황만 체크하라고 했을 뿐입니다."

"그래서 오늘 아침부터 경찰과 기자들이 이 마을에 들이닥쳐 수색하겠다고 했나? 아침 신문에도 기사가 나왔지. 한센병 환자 정착촌에서 아이들을 납치해 암매장했다는 제보를 받고 경찰이 오늘 정착촌을 수색할 예정이라고."

"그건 경찰이 받은 제보였습니다. 그리고 동촌경찰서 출입 기자들은 다 알고 있었습니다. 믿어주세요. 저는 일주일 전에 우리 회사 선배 기자에게 제보를 전달하고 교육 갔다가 귀가하는 길이라니까요. 기사는 쓰지 않았습니다. 이렇게 일이 커질 줄 알았다면 제가 이곳에 왜 들어왔겠습니까?"

군용 재킷의 남자가 나를 노려보면서 이장에게 말했다.

"이 쓰레기 새끼야말로 죽여서 간을 꺼내 먹고 암매장해야 합니다."

나는 그의 협박으로도 죽을 것 같았다. 이장이 소리쳤다.

"그만하라니까 이 사람아! 자네는 나가 있게. 얼른!"

나를 죽일 듯이 쳐다보던 군용 재킷의 남자는 분을 가라앉히지 못한 채 창고 밖으로 나가서 문을 닫았다. 창고가 조용해졌다. 이장이 계속했다.

"우리도 사람이오. 여기서 성실히 일하면서 살아가고 있소. 여성들도 많소. 완치됐다고 보는 사람이 대부분이고 나머지도 더 이상의 증상이 없소. 그래도 서로를 의지하면서 열심히 살고 있소. 우리가 왜 아이들을 납치해서 이곳에 매장했겠소. 그런 제보가 들어왔다고 해서 경찰과 기자가 수색하려고 우리 마을에 쳐들어온다는 게 말이 되겠소?"

"어르신 말씀에 저도 동의합니다. 하지만 그 제보는 저도 경찰을 통해서 전해 들었고 동료에게 전달했을 뿐입니다. 그리고 경찰 동향만 체크하라고 했습니다. 저도 전혀 그 제보를 믿지 않습니다. 경찰이 이곳에 올지는 꿈에도 생각하지 못했습니다."

"당신 말이 사실인지 거짓인지 잘 모르겠소. 아까 이곳에 온 기자들이 그렇게 얘기했소. 경찰도 그렇게 얘기했소. 다른 기자가 제보를 자신들에게 전해줬다고. 그래서 그 기자가 제보한대로 오늘 경찰이 출동하게 됐고 자신들은 경찰을 따라 취재하러 왔다고."

"제보를 전해준 기자가 저라고 하던가요?"

"우리가 그 기자의 이름을 무조건 말하라고 했지. 경찰에게도 말하라고 했지. 그러니까 이름을 대더군. 김환 기자라고. 그래서 당신네 방송사에 당신을 잡으러 가려고 했소. 그런데 제 발로 걸어온 거요."

나는 할 말을 잊었다. 어떤 기자가 정착촌 암매장 제보를 신문에 내면서 경찰이 출동할 거라고 한 문장을 붙였거나 아니면 특별수사본부의 어떤 경찰이 정착촌에 출동하겠다고 기자들에게 흘린 뒤 사실로 발전시켰거나 둘 중 하나였다.

"어르신, 경찰과 기자들이 수색하겠다고 온 것은 저도 기가 막히게 생각합니다. 아마도 제가 교육에 들어가고 자리에 없으니 저한테 뒤집어씌운 것 같습니다. 저도 오늘 일을 이해할 수가 없습니다. 정말입니다."

"아무리 경찰이나 기자들이 개념이 없다고 해도 어처구니없는 짓이요. 기자 가운데 한 사람이 얘기했소. 김환 기자 말에 자신들도 속은 것 같다고."

"제가 뭐라고 했다는 겁니까?"

"우리 어렸을 때도 그런 애기가 있었지. 우리 어머니도 내가 저녁 무렵 동생과 근처 산으로 놀러 갈 때면 저녁밥 먹는 시간에 늦지 말라고 하시면서 말씀하셨지. 집에서 멀리 가지 말라고 하실 때도 말씀하셨고. 나이 든 사람들은 어렸을 때 한 번쯤은 들어본 말이지. 문둥이들이 병을 치료하기 위해서 아이들을 잡아다가 간을 빼 먹고 산속에 묻어버린다고."

나는 이장의 말에 피식 웃었다. 하지만 소리도, 표정도 없었을 것이다. 마음으로만 그랬을 것이다. 이장은 계속했다.

"아이들이 초롱불도 없는 곳에서 손톱을 깎다가 손에 상처를 낼 수 있으니까 어른들은 밤에 손톱 깎으면 도둑이 들어온다고 겁을 줬소. 그런 식이었지, 옛날에는. 하지만 그런 말을 실제로 믿고 이 마을에 침입해 땅을 파겠다고 들이닥칠 줄은 누가 상상을 할 수 있었겠소."

이장은 문을 닫고 나갔다.

나는 창고 바닥에 주저앉았다. 서 있을 힘이 없었다. 그렇지만 불안감은 사라졌다. 무섭지도 않았다. 그때서야 창밖으로 양계장의 닭 울음소리가 들리기 시작했다. 그 울음소리는 주위가 조용해지면서 더 크게 들렸다.

저녁 무렵이었다. 문이 열렸다. 오십 대 여자 두 사람이 긴

나무 의자를 들고 들어왔다. 조금 뒤 작은 테이블도 넣어주었다. 그런 뒤 그들은 밥과 된장찌개, 나물과 김치, 삶은 계란을 담은 쟁반을 들고 들어왔다. 물이 담긴 생수병과 유리컵도 가져왔다. 여성 한 명이 말했다.

"드세요. 화장실은 복도 맞은편 쪽에 있어요. 밖으로 나가지 말아요. 입구에 마을 주민들이 많이 계세요."

오전에만 해도 나는 그 신문사 여기자와 점심을 함께 하고 계속 교제할 거라는 희망에 부풀어 올랐다. 하지만 불과 몇 시간 만에 꿈같은 상황이 비현실적인 악몽으로 바뀌었다.

배는 고프지 않았다. 목도 마르지 않았다. 마을 주민이 만든 음식을, 마을 주민이 사용한 숟가락과 젓가락을 사용해서 먹는다는 것도 내키지 않았다. 그러나 마을 주민에게 최소한의 사과를 한다는 의미에서도 그들이 제공한 음식에 의심을 품지 말아야 했다.

숟가락을 들었다. 막상 들고 나니 된장찌개와 나물이 매우 맛이 있었다. 빈 그릇을 가져온 여성에게 잘 먹었다고 인사하자 그녀는 맛이 있었는지 모르겠다고 한마디 한 뒤 나갔다. 내가 식사를 할까 말까를 고민했는지는 전혀 무관심한 태도였다. 그녀는 조금 뒤 덮을 만한 이불을 가져왔다. 나는 고맙다고 했다.

그날 나는 뜬눈으로 새웠다.

세 어린이 실종 사건이 만들어낸 희극 같은 사건의 이미지들이 뒤죽박죽되면서 내 머릿속에서 떠나지 않았다. 계획된 살인으로 가정하고 살인의 동기를 폭넓게 생각하라는 그 신문사 여기자의 말이 사건의 이미지를 오히려 더 혼란스럽게 만들었다.

새벽녘에 잠이 조금 들었던 모양이다. 문이 열리는 소리에 잠이 깼다. 군용 재킷의 남자가 창고 형광등을 켰다. 마을 이장과 정인철 형사과장이 그 뒤를 따라 들어왔고 은발의 신부 한 명이 마지막으로 들어왔다. 그 신부는 다른 사람들을 제치고 앞으로 나왔다. 가까이서 보니 오십 대 중반의 얼굴이었다. 중간 정도의 키에 미소 짓는 넓적한 얼굴, 창고가 울리는 낮은 톤의 목소리를 가지고 있었다.

나는 자리에서 일어나 앉으면서 이불을 긴 나무 의자 한쪽으로 밀어냈다.

신부가 말했다.

"김환 기자라고 하셨죠? 잠자리가 불편했죠?"

"자리가 불편하지는 않았습니다."

"그래도 마음은 많이 불편하셨겠죠. 어제 저희 형제가 김환 기자께 화를 많이 냈다고 들었습니다. 제가 대신 사과드리겠습니다. 알았다면 바로 달려왔을 텐데 출장을 갔다가 오늘 새벽에 도착했습니다. 저는 옆 성당에 있습니다."

"마을 주민들이 더 불편하셨겠죠. 하지만 오해를 많이 하신 것 같습니다."

"오해라고요? 오해는 경찰과 언론이 했겠죠. 다만 김환 기자에 대한 부분은 오해일 수도 있다고 생각합니다."

"저도 그 애깁니다."

신부는 앉아 있는 나를 내려 보다가 다시 말을 꺼냈다.

"일을 수습한 다음에 조용히 얘기를 나누시죠. 지금은 집으로 돌아가십시오. 나중에 성당으로 오시죠."

나는 일어서서 옷을 털었다. 군용 재킷의 남자는 다른 곳을 보고 있었다. 마을 이장은 나에게서 눈을 떼지 않았다.

그는 내가 창고를 나설 때 핸드폰을 돌려주었다. 정인철 형사과장은 나를 내려다보면서 엷은 미소를 보냈다. 마을회관 건물을 나설 때 전날 저녁 식사를 제공해준 여성이 보였다. 나는 그녀에게 식사를 맛있게 했다고 인사했다. 그녀는 웃음으로 응답했다.

밖에는 마을 주민 십여 명이 서 있었고 의무경찰과 형사 여러 명이 부동자세로 서 있었다. 나는 마을 이장과 주민들에게 고개를 숙여 인사를 했다. 그들은 인사하지 않았다. 나는 신부에게 명함을 전하고 악수를 청한 뒤 감사하다고 했다. 그리고 주차장 쪽으로 돌아섰다. 정인철 과장도 나와 함께 그 길을 걸어 나왔다. 다른 경찰들도 뒤따랐다.

"과장님이 신부님한테 연락하셨어요?"

"그랬소."

"신부님께서 안 오셨으면 저는 계속 억류되어 있었겠네요. 신부님 성함이 어떻게 됩니까?"

"박희수 신부님이라고, 마을 주민들의 정신적인 지주 같은 분이랍디다. 우리 팀 가운데 그 성당에 다니는 형사가 있어서 알게 됐소."

"그렇다면 어제 바로 오시지 오늘 아침이 되어서야 오신 이유는 뭡니까?"

"신부님이 얘기했잖소. 출장 갔다가 오늘 새벽 오셨다고. 어제 오후 경찰이 빨리 오시라고 연락을 해서 오늘 새벽 일찍 오신 거요. 대학에서 라틴어를 가르치신답니다. 어제저녁에는 대학원 수업이 있었답니다."

"신학자이셨네요. 대학원 수업이 사람 목숨보다 중요했던 모양이네요."

"신부님이 주민들한테 연락하셨소. 김환 기자 더 건드리지 말라고. 그리고 오늘 새벽 오신 거요."

"어쨌든 쓰레기 기자 한 명 살리려고 새벽에 달려오셨으니 나중에 인사를 드리긴 드려야겠네요. 경찰도 밤새 여기에 있었습니까?"

"그렇소."

"왜요? 푹 쉬시고 아침에 오시지 그러셨어요?"

"언론사 기자 한 명이 여기서 무슨 일을 당하면, 그것도 우리가 보는 앞에서 당하면 어떨 것 같소."

"그래서 얻어터지는 것은 고소하게 즐기셨고, 그렇다고 죽으면 경찰이 곤란해지니까 그것만은 막고, 그러신 거군요."

"일부러 그런 것은 아니요."

"왜 저에게 모든 걸 뒤집어씌운 겁니까? 뒤집어씌워도 제보 제공자 정도로만 하시지, 아이들 간을 빼냈다는 등의 얘기를 지어낼 필요가 뭐가 있어요?"

"마을에서 빠져나오기 위해서 어제 억류됐던 기자들이 김환 기자가 원인 제공자라고 둘러댄 거요. 교육받으러 가서 없는 줄 알고. 여기 젊은 경찰 몇 명하고 기자들도 마을 주민한테 봉변을 당했소. 그러니까 우선 살고 보자고 꾀를 냈던 거요."

"봉변이라고요? 맞아도 싸지. 도대체 무슨 생각으로 이곳 땅을 파겠다고 온 겁니까? 수색 영장을 내줍디까?"

"영장이야 받기는 받았소."

"기가 막힌 일이네요. 한센병 환자들이 애들 간을 빼먹고 암매장했을 수도 있으니 수색을 해야 합니다, 이렇게 말하고 영장을 신청했습니까?"

"누가 그걸 믿겠소? 제보가 들어와서 수색하겠다고 보고했지."

"영장을 청구한 검사나 내준 판사나 어떤 생각으로 했는지 궁금하네요."

"시급을 다투기 때문에 수색한다면 내줄 수밖에 없어요. 워낙 관심이 큰 사건이니까. 며칠 전부터 한두 기자가 수사 본부를 압박했소. 제보가 들어왔는데 다른 곳은 다 수색하고 정착촌은 왜 수색하지 않느냐고."

"한두 기자요? 한 명입니까, 두 명입니까?"

"누군가가 했다는 말이오."

"그래서 특별수사본부장이 수색하라고 지시한 겁니까?"

"결국은 그런 셈이지."

"경찰이 기자들한테 슬쩍 흘리고 기사를 쓰도록 유도한 다음에 그걸 핑계로 수색하려고 한 건 아니고요?"

"그랬다고 볼 수도 있겠지. 이런 건 닭이 먼저인지 달걀이 먼저인지 아무도 모르는 일이오."

"무엇이 먼저인지는 몰라도 흥미, 신문 부수, 시청률이 먼저였겠죠. 경찰 공무원은 시키는 대로 하는 사람이고. 책임은 죽어도 지지 않고."

"그래도 나올 수 있어서 다행이오. 걱정을 많이 했소."

"걱정을 해줘서 고맙군요. 창고 안으로 끌려가는 걸 미리 막았으면 그런 걱정을 굳이 하실 필요는 없었을 텐데요."

"그럴 수가 없었어요. 먼저 있던 기자들이 갑자기 그 방에서 우르르 뛰어나와 주민들을 밀치고 도주했거든요. 우리가 어떻게 할 처지가 아니었소."

"어떻게 할 처지가 아니란 사실을 아셨다니 다행입니다. 실제로 땅을 팠으면 과장님하고 기자 몇 명은 이 마을에 묻혔을 겁니다."

"모르시겠지만 언론사 몇 곳은 어제 난리가 났었소."

"난리라뇨?"

"이곳 마을 주민 십여 명이 기사를 낸 신문사에 직접 몰려갔었소."

"그래요? 그야 주민들이 몰려갔어도 신문사를 어쩌지는 못했을 거 아닙니까?"

"나도 그렇게 생각했소. 그렇지만 현장에 마을 주민들과 함께 갔다 온 우리 쪽 형사는 그렇게 얘기하지 않았소. 신문사에서 정착촌 주민들이 항의 방문하러 온다는 사실을 알고 경찰에 시설 보호를 요청했었소. 경찰 기동대가 출동해서 정문을 막았다고 하더군요. 현관 셔터도 내리고. 그런데 정착촌 주민들이 막상 오니까 어땠는지 짐작하시겠소?"

"모두 도망가기라도 했습니까?"

"그렇소. 모두 도망갔소. 기동대원들은 이곳 마을 주민 한 사람이 두 손을 보여주면서 '어이!'하니까 바닷물 갈라지듯 피해서 마을 주민들을 통과시켜 주었소. 또 마을 주민들이 건물 경비원들을 부르면서 셔터를 올리라고 하니까 경비원들도 아무런 저항 없이 신문사 현관 셔터를 올렸다고 하더라고요."

"하하하…."

나는 정인철 형사과장의 설명에 그만 웃음을 참을 수가 없었다. 정 과장도 함께 웃었다. 뒤를 따라오던 형사들도 키득거리며 웃었다.

"마을 주민들은 편집국으로 들어갔소. 경찰도 몇 명은 따라 들어갔고. 아주 모른 체하고 도망갈 수는 없으니까. 그런데 편집국 기자들도 대부분 도주한 뒤였고 데스크들만 몇 명 남아 있었던 모양이었소. 데스크 가운데 몇 명은 마을 주민들한테 맞았고 편집국장은 도망가다가 넘어지면서 주민에게 곤욕을 치른 모양이오. 그리고 일어서는 과정에서 팔까지 물렸다고 하더라고."

나는 그 신문사 편집국장이 누군지 알고 있었다. 전에 같은 사건을 취재한 적이 있는 고참 기자였는데 편집국장이 된 모양이었다. 내성적인 성격이었다.

"그래서 어떻게 됐습니까?"

"마을 주민들은 데스크들로부터 사과를 받아내고 철수했소. 다행스럽게 데스크 가운데 한 명이 마을 주민들의 손을 잡은 뒤 '형제여!'를 외치면서 박희수 신부님을 자신도 존경한다고 얘기하자 주민들 마음이 풀어졌다는 거요. 그 신문사는 다시는 정착촌 관련 기사를 쓰지 않겠다고 몇 번이고 약속했소."

"편집국장은 어떻게 됐습니까?"

"다친 곳은 없는데 병원에 입원했답니다."

"입원은 왜 했죠?"

"한센병이 전염될까 봐 입원했겠죠."

정인철 과장의 말에 뒤따라오던 형사 몇 명이 또 키득거리며 웃었다.

"우리 방송사에는 마을 주민들이 쳐들어가지 않았습니까?"

"당연히 쳐들어가기로 했어요. 마을 사람 모두가. 그래서 우리가 말리고 있었고. 그런데 김환 기자가 스스로 모습을 나타낸 거요. 살신성인한 거지."

우리는 주차장에서 차를 타고 각자의 길을 갔다. 나는 집으로 가서 토요일과 일요일 내내 잠만 잤다. 눈을 뜨기조차 싫었다.

월요일이 되어 출장 보고도 할 겸 회사로 출근했다. 아무도 나에게 말을 걸지 않았다. 사회부장은 회의라는 명목으로 자리를 온종일 비웠고 캡은 일주일 동안 휴가를 내고 사라져 버렸다.

그 이후 정착촌 수색 애기는 모든 언론사, 모든 기자, 모든 경찰이 입 밖에 내지 않았다. 정인철 형사과장과도 정착촌 수색 애기는 더 하지 않았다. 나도 그 사건을 입에 올리지 않았다. 한센병 환자에 대한 거짓 제보를 소문내서 그들에게 언터진 기자라는 오명을 되새기고 싶지 않았기 때문이다. 누구에게든 설명하기 어려운 해프닝이었다.

나는 박희수 신부를 찾아가지 않았다. 자초지종을 안다고 해서 보도할 수 있는 내용이 아니었기 때문이었다. 잊는 것이 상책이었다.

다만 박희수 신부가 그 사건 이후 제보자를 찾기 위해서 몇 달 동안 여러 곳을 조사했지만, 성과가 없었다는 말을 들었을 뿐이다. 정착촌 수색 해프닝은 9년 동안 내 기억 속에 뚜렷하게 자리 잡고 있었다.

마을회관에서 20분 정도 걸은 모양이다. 성당이 보였다. 박희수 신부는 나를 보자마자 얼굴을 알아보았다. 그의 인상을 나도 기억했다.

"김환 기자, 9년 만이군요. 그 일 이후 TV 뉴스에서 종종 봤어요. 최근에는 경제 뉴스를 많이 하시는 것 같은데 직접 보니까 반갑네요."

"그동안 잘 지내셨습니까? 이곳 성당에서 오래 계시네요. 신부님들도 인사이동을 하지 않으십니까?"

"저희도 이동합니다만, 저는 이곳이 좋아요. 공부하기도 좋고. 형제, 자매님과 정이 많이 들었습니다. 앉으세요."

박희수 신부는 종이컵에 차를 따르면서 자신도 책상 뒤 의자에 앉았다. 책상 위에는 컴퓨터와 책이 여러 권 있었는데, 교회법 관련 책으로 보였다. 책상과 의자, 한쪽 벽을 차지한 책장 말고는 사무실에는 아무런 장식품이 없었다.

"신부님, 9년 전에 있었던 사건에 대해서 감사드리려고 왔습니다."

"일찍 오셨네요. 감사할 것은 없습니다. 그러잖아도 뉴스를 통해서 아이들 유골이 발견됐다는 사실은 들었습니다. 매우 안타까운 일입니다. 반면 정착촌은 누명을 푼 셈이죠. 지금은 더 그렇지만 그때도 궁금한 점이 많았어요."

"예, 저도 궁금한 것이 많았습니다. 이유는 제보 내용이 너무 비현실적이었고 그런 비현실적인 사건이 실제로 발생했기 때문입니다. 5년 전에도 너무 비현실적인 사건이 하나 있었죠. 그때는 몰랐지만 지금 생각하면 할수록 황당한 사건이었습니다."

내 말에 박희수 신부는 고개를 끄덕였다. 나는 계속했다.

"신부님은 그때 그 사건에 대해서 조사를 하셨다고 들었습니다. 도대체 누가 제보를 했는지 말입니다. 누가 제보를 했는지 찾았습니까? 당시 정인철 형사과장이 의정부시청 민원 담당으로부터 전달받았다고 했습니다.”

“제보한 사람을 찾지는 못했습니다. 저도 그분에게서 그렇게 들었습니다. 그래서 의정부시청에 가서 그 제보를 받은 공무원을 찾았습니다. 민원봉사팀 공무원이었습니다.”

박희수 신부는 서랍을 열고 검은색 노트를 한 권 꺼냈다. 노트를 몇 장 넘겼다.

“여기 있군요. 그 공무원이 말한 것을 적어놓았습니다. 제보 전화는 바쁜 오후 시간에 왔다고 했어요. 전화를 받으니까 상대는 대뜸 용무산마을 세 어린이를 납치한 사람들을 자신이 알고 있다고 했습니다. 그래서 그 공무원이 누구냐고 물었답니다. 그러자 제보자는 이곳 정착촌 주민들이라고 했다는 겁니다.”

“제보자 이름을 물어보았답니까?”

“물론입니다. 하지만 상대는 이름을 밝힐 수 없다고 했답니다. 그래서 납치 시기와 장소, 이유 등을 물었답니다. 젊은 여성 공무원이었는데 세 어린이 실종 사건을 알고 있었기 때문에 자세하게 물었다고 합니다.”

“야무진 분이셨군요.”

“그렇습니다. 하지만 제보자는 언제, 어디서, 누가, 왜 납치했는지는 말하지 않고 정착촌 주민들이 아이들을 납치해서 마을 뒷산에 암매장했다고만 말했답니다. 어떻게 그 사실을 알게 됐냐고 물어보니까 제보자는 정착촌 주민에게서 나온 이야기이고 사실일 가능성이 51퍼센트는 된다고 했다는 겁니다. 그리고 그 이상 말하면 정착촌 주민들에게 자신이 노출된다고 했답니다."

"그 여성 공무원이 경찰에 제보 내용을 알린 거군요."

"바로 알리지는 않았습니다. 그 여성 공무원은 제보 내용이 신빙성이 없다고 생각해서 무시하려고 했습니다. 그런데 10분 후에 또 같은 사람으로부터 제보 전화가 왔답니다. 제보자는 정착촌 주민들이 아이들을 납치해서 뒷산에 암매장했을 가능성이 50퍼센트가 넘는다고 또 한 번 강조하고 전화를 끊었답니다. 그래서 그 공무원은 민원봉사팀장에게 제보를 어떻게 처리할지 의견을 물은 뒤 동촌경찰서 대표전화를 찾아 형사과장에게 똑같은 내용을 전달한 겁니다."

"제보자는 줄곧 주민들이라는 말로 복수를 지칭한 것 같습니다. 신부님이 전달한 말씀대로라면."

"그렇습니다. 저도 그 공무원에게 그것을 물었습니다. 제보자는 복수를 지칭했답니다."

"보통 경찰에 제보한다면 112를 찾는 것이 일반적인데 그 공무원은 형사과장을 찾지 않았습니까?"

"아, 그것은 제보자가 먼저 걸었던 전화에서 동촌경찰서 형사과장이 세 어린이 실종 사건을 지휘하니까 그 형사과장에게 직접 전달하라고 했답니다."

"네? 정말입니까?"

"네. 그래서 그 공무원이 제보자에게 그럼 동촌서 형사과 장에게 직접 전화하지 왜 의정부시청에 전화하느냐고 물었대요. 그러니까 그 제보자 말이 경찰에 전화해도 자신이 노출될 수 있다고 하면서 정착촌이 가까운 의정부시청에 전화를 했답니다."

"궁금한 것이 많아지는군요. 신부님은 공무원 얘기를 들은 뒤 어떻게 하셨습니까? 주민들에게 말씀하셨습니까?"

"당연하지요. 주민들을 모아놓고 혹시 거래하는 여성 가운데 의심이 가는 사람이나 정착촌을 해코지할 만한 사람을 꼽아보라고 했습니다."

"네? 제보자가 여성이었습니까?"

"아, 얘기 안 했나요? 민원봉사팀에 전화한 제보자는 여성이었습니다. 목소리가 젊은 사람 것이었답니다. 그래서 반신반의하면서 경찰에 연락했답니다."

"그렇군요. 그래서 주민들 반응은 어땠습니까?"

"젊은 여성과 거래하는 주민은 없었습니다. 의심이 가는 사람도 생각나지 않는다고 했고 해코지할 만한 사람도 없었답니다. 이곳이 워낙 고립되어 있어서 누구와 원수질 일이 없죠."

"혹시 통신회사에 알아보시지는 않았습니까? 제보자가 사용한 전화에 대해서 말입니다."

"그것은 나중에 경찰을 통해서 알아봤죠. 주민들이 제보자를 찾으라고 경찰에 항의했습니다. 경찰 조사 결과 제보자는 동촌구 용무산동에 있는 공중전화를 이용해서 의정부시청에 제보했습니다."

"그렇다면 제보자가 공중전화 부스 근처 CCTV 카메라에 찍히지는 않았을까요?"

"그때 형사과장님 말씀이 제보자가 이용한 공중전화 부스는 유동 인구가 많은 버스정류장 옆에 있는데 근처에는 CCTV가 없었답니다."

"신부님은 어떤 생각이 드십니까?"

"들키지 않게 거짓 제보를 한 것이죠."

"저도 그런 생각이 드는군요. 수많은 제보가 있었지만, 대부분 빈틈이 많았죠. 의정부시청에 제보한 여성은 빈틈을 보이지 않은 것 같네요. 어떤 목적을 갖고 하지 않았을까 생각이 듭니다."

"목적이 있었다면 무엇일까요?"

"제 생각은, 만일 목적을 갖고 한 거짓 제보라면 시각을 엉뚱한 곳으로 돌리기 위한 것이 아닐까요?"

박희수 신부는 정인철 형사과장의 안부를 물었다. 나는 대답하지 못한 채 그와 헤어진 뒤 마을회관으로 왔다.

혹시 9년 전 나를 가두었던 이장이나 군용 재킷을 입은 남자와 마주치게 되면 어떤 표정을 지을까 생각도 했지만, 주차장으로 걸어 나오는 동안 다른 마을 주민을 만나지는 못했다.

V. 큐시트

뉴스 아이템 송출 순서와 스탭의 역할을 알려주는 표
새로운 기사가 들어오거나 편집회의를 할 때마다 바꾸며
편집 방향이 담겨있다

14

"셔츠를 바꿔 입으신 걸 보니 집에 다녀오셨군요."

김이삼 형사과장은 나를 반기는 표정이었다. 기다렸던 모양이다. 그는 서류철을 옆으로 치우고 옆자리에 앉은 나에게 작은 사진을 한 장 내밀었다.

"이 여성 보신 적 있습니까?"

사진을 자세히 들여다보았다. 어디선가 본 것 같은데 기억이 나지 않았다. 긴 머리에 계란형의 얼굴, 삼십 대 중반으로 보였다.

"누군지 모르십니까? 세 어린이 실종 사건과 관련된 사람을 많이 안다고 하지 않았습니까?"

"가만히 있어 봐. 어디서 본 얼굴인데."

"정말요? 어디서 봤습니까? 뒷머리 얻어터질 때 본 거 아닙니까?"

"뭐? 방금 뭐라고 했어? 나를 때린 사람이 이 여자라고? 어떻게 알았어? 붙잡았나?"

"먼저 서채민 교수에게서 얻은 정보부터 내놓으시죠."

"장난하지 말고. 어떻게 알아낸 거야?"

"후후…. 확실하지는 않습니다. 이학진 씨 회사 앞 아파트 단지 정문에 CCTV 카메라가 있다고 말했잖습니까?"

"이 여성이 찍혔나?"

"아닙니다. 이 여성의 차가 찍혔습니다."

"자세히 좀 설명해 봐."

"그러니까 어젯밤 9시부터 11시까지 촬영된 부분을 중점적으로 봤습니다. 그런데 밤 10시 20분쯤에 아파트 단지 정문 앞 도로에 주차되어 있던 이 여성의 차가 출발하는 것이 찍힌 겁니다. 잘 모르시겠죠? 어리바리한 표정이시네. 그러니까 화면 가장자리에 일부만 보였던 SUV 차량 한 대가 출발하면서 화면을 가로질러 갔습니다. 그 차의 번호를 확대해서 조회해 보니까 이 여성의 차였습니다."

"차량 번호로 승용차를 알았다는 얘긴데, 이 여성의 차량 번호가 유명한 모양이지?"

"네, 유명한 차량 번호죠. 피살된 이학진 씨 부인 자가용

번호이니까요."

"뭐? 이학진 씨 부인?"

"네, 이학진 부인으로 이름은 차현숙입니다. 어젯밤에 아파트 단지 앞 도로에 주차해놓은 자신의 차를 타고 집으로 간 겁니다. 그 직전에 선배는 이 아파트 단지 뒤쪽에 있는 이학진의 회사 건물 안에서 머리를 맞은 거고요."

"차현숙? 그럼 그 여자가 사무실에서 내 머리를 때려 기절시킨 뒤에 아파트 단지로 나와서 자신의 차를 타고 도주했다는 말인가?"

"합리적인 추측이 아닐까요?"

"차현숙, 차현숙…. 심문은 했고?"

"조금 뒤 할 겁니다. 경찰서로 불렀습니다."

"이 사진은 어디서 구했어?"

"숨진 이학진 씨 지갑에 있던 걸 우리가 보관하고 있었습니다."

차현숙의 얼굴은 낯이 익었다. 분명 어디선가 본 것이 틀림없다. 전혀 기억이 나지 않았다. 궁금증을 증폭시킨 것은 낯이 익은 사진 속 여성이 이학진의 부인이라는 점, 또 내 머리를 가격했을 가능성이 있다는 점이었다.

갑자기 어떤 그림이 떠올랐다. 차현숙을 직접 만난 적이 있었는지 모르겠지만, 차현숙의 모습을 본 곳이 어디인지 찾을 수도 있을 것 같았다. 이학진과 함께 떠오르는 이미지였다. 나는 자리에서 일어섰다.

"어디 가세요?"

"잠시 확인할 게 있어서. 다시 올 거야. 그 여자 과거에 뭐 했는지 알아보는 게 좋겠어."

"서채민 교수는 뭐라고 했습니까? 말씀해 주셔야죠."

"누군가 날카로운 흉기로 유동구 머리 왼쪽을 쳤대. 또 동구의 두개골 내부에 이끼가 발견됐어. 한동안 공기에 노출되어 있었어."

"그건 다 알거나 추측할 수 있는 거 아닙니까? 또 없습니까?"

"아이들 이가 발견되지 않았어."

"네? 아이들 이빨 말입니까? 그게 무슨 말입니까? 선배, 선배!"

나는 동촌경찰서를 나와 급히 회사로 차를 몰았다. 만일 차현숙의 실물을 본다면 알아보지 못할 수도 있을 것이다. 사진으로 보았기 때문에 어렴풋하게 기억해낸 것일 수도 있었다.

마녀는 가끔 오후 늦게 로비 카페에 젊은 직원들을 모아놓고 일장 연설을 했다. 지금은 없었다. 안심하고 1층 보도국으로 향했다. 보도국 입구 맞은편 엘리베이터 앞에는 위층으로 올라가려는 직원 여러 명이 서 있었다.

그들 가운데 투피스 정장을 한 여성이 나를 보고 있었다. 색깔은 다르지만, 어제 입었던 투피스와 비슷한 디자인이었다. 그녀는 나와 눈이 마주치자 뒷걸음을 치고 복도 벽에 몸을 기댔다. 하이힐을 신고 있었다. 그녀는 팔짱을 끼면서 하이힐에서 오른발을 빼내 무릎을 약간 들어 올려 다리를 기역 자 모양으로 만들었다. 시선은 내 얼굴과 내 셔츠를 번갈아 보고 있었다. 지가영 작가였다.

나는 그 앞에서 걸음을 멈췄다. 할 말이 생각나지 않았다. 그녀는 내 눈을 뚫어지게 보았다. 반가워하는 건지, 화내는 건지, 불만이 있는 건지, 그냥 관찰하는 건지 표정을 봐서는 도무지 알 수 없었다.

엘리베이터가 열리고 누군가 내렸다. 엘리베이터를 기다리던 사람들이 모두 탔고 문이 닫혔다. 지가영 작가는 엘리베이터를 타지 않았다.

"어제 커피 잘 마셨어요."

"…."

"셔츠는 빨았어요."

"…."

나는 겸연쩍게 웃었다. 그녀의 표정은 변화가 없었다. 엘리베이터에서 내린 누군가가 우리 쪽으로 다가왔다. 나는 그쪽으로 얼굴을 돌렸다. 최강미 PD였다.

"아침에 수고 많았지?"

최강미 PD는 내 말에 대답하지 않았다. 최 PD는 나를 먼저 쏘아보고 지가영 작가를 아래위로 훑어본 뒤 한 번 더 경멸하는 눈빛으로 나를 쏘아보았다. 나는 미안하다는 말을 꺼내려고 했다. 하지만 최 PD의 표정이 너무 무서워서 입을 열수가 없었다.

"머리는 왜 그래요?"

"조금 다쳤어. 걱정 안 해도 돼."

"걱정이요? 제가요? 속보 거리나 나오면 연락해주세요. 한번 더 방송할 테니까요."

최강미 PD는 한심하다는 듯 나에게 한 마디 던지고 로비쪽으로 발걸음을 옮겼다. 지가영 작가는 나를 보던 시선을 최강미 PD의 뒷모습으로 돌렸다. 불쾌한 표정임을 알 수 있었다.

나는 보도국으로 도망치듯 들어갔다. 뒷머리가 따가웠다. 붕대가 붙어 있다는 사실을 새삼 깨달았다.

보도국으로 들어갔다가 급하게 영상편집실 구석으로 몸을 피했다. 보도국 안쪽 테이블에서 보도국장과 마녀가 이야기

214

를 나누고 있었기 때문이다. 보도국장이 나를 보았지만, 마녀
는 등을 돌리고 있었다.

편집실 안쪽 방 한곳에서 오승훈 기자가 리포트를 편집하
고 있었다. 방문을 열었다.

"오 기자, 수고 많다. 별일 없나? 무슨 리포트야?"

"아, 선배님. 경제 아이템이에요. 어? 머리 좀 돌려봐요. 마
녀한테 한 대 맞았어요? 머리가 왜 그래요?"

"별거 아냐. 실종 사건 그림 모은다고 수고 많다. 나중에
커피 살게."

"소주 사세요. 조기 마녀님 계시는데 조심하세요."

"알았다."

나는 오승훈 기자가 작업하는 방과는 칸막이로 분리된 옆
방으로 들어갔다. 유리는 이중 구조로 방음이 됐고 가운데
부분은 불투명했다. 영상편집실 가장 끝에 있는 방이었다.

에디우스를 켰다. '용무산마을 세 어린이 실종 사건' 폴더
를 찾았다. 거기서 실종 첫해에 촬영한 그림을 모은 하위 폴
더를 찾았다. 자료 그림을 세 배의 속도로 플레이했다. 경찰
과 마을 주민이 용무산을 수색하는 그림이 나오면 본래의 속
도로 플레이했다.

수색대 안에서 차현숙의 얼굴을 찾는 것은 어렵지 않았다.
차현숙은 사복을 입었지만, 형사였음을 알 수 있었다.

경찰은 용무산을 수색할 때마다 의경 수백 명을 동원했다. 그들을 지휘한 사람은 당시 동촌경찰서 서장과 정인철 형사과장, 그리고 형사과 형사들이었다. 차현숙은 다른 형사들과 함께 동촌경찰서장과 정인철 형사과장 옆을 따라다녔다.

경찰은 용무산을 백 차례 이상 수색했을 것으로 나는 생각했다. 만 일 년 동안 30만 명을 동원했다는 경찰 주장에 따른다면 한 차례 수색에 3천 명을 동원한 것이다. 경찰 주장이 과장됐다고 생각했지만, 실종 사건 초기에는 용무산을 수색하는 데 많은 인력을 동원했다.

수색하는 그림은 셀 수 없이 많았다. 카메라 기자들은 의경이 일렬 지어 수색하는 장면, 탐침으로 땅속을 찌르는 장면, 그들을 지휘하는 형사과장과 형사들 모습을 주로 촬영했다. 차현숙은 촬영할 때마다 경찰 지휘부와 함께 카메라에 찍혔고 그래서 나는 차현숙 사진을 보고 그녀가 나왔던 영상도 기억해낸 것이다.

5년 전 폴더도 찾았다. G대 심리학과 이가웅 교수의 주장으로 쌍둥이 집을 포크레인으로 파헤칠 때 촬영한 그림을 보기 위해서였다. 괴로웠지만 봐야 했다. 나의 생중계 리포트를 녹화한 자료 그림부터 찾았다.

내가 쌍둥이 자매 집을 배경으로 오프닝 멘트를 하는 장면이 나오고 그다음에는 포크레인이 방구들을 파헤치는 그림이 나왔다.

중계차 PD를 한 박수정 기자는 생중계를 연출할 때 가족이나 마을 주민 스케치는 거의 하지 않았다. 마지막에 나를 한 번 더 잡았다. 지금 생각해보니 내가 미워서 내 얼굴을 한 번 더 찍은 것 같았다.

당시 자료 그림도 천천히 살펴보았다. 현장 리포트 할 때는 쓰지 않았지만, 생중계하기 전에 카메라 감독들이 촬영해서 보낸 그림을 보도국 영상취재팀이 받아 저장한 것이었다. 거기에는 포크레인을 지켜보던 경찰과 주민들이 다양한 각도로 촬영돼 있었다.

차현숙의 모습도 보였다. 그녀는 짧은 머리, 베이지색 스웨터와 그 위에 고동색 정장 차림으로 다른 형사들과 함께 정인철 형사과장 옆에 서서 포크레인 작업을 지켜보았다. 그리고 차현숙 옆에는 자신이 동원한 포크레인이 쌍둥이 자매 집을 파헤치는 장면을 담배 피우며 무표정하게 바라보는 이학진도 있었다.

나는 순간적으로 그 그림을 정지시켰다. 나는 그 그림이 묘한 분위기를 풍기고 있다고 느꼈다. 당시에는 현장 리포트를 하면서 박수정 기자에게 신경이 쏠려 주변을 살펴볼 여유가 없었다. 하지만 피살당한 이학진과 나를 폭행했을지도 모르는 차현숙이 함께 있는 영상은 지금 나에게 새로운 의미로 다가왔다.

"김환, 드디어 귀환했어?"

갑자기 편집실 문이 열리면서 마녀의 목소리가 들렸다. 나는 모니터에 집중해 있었기 때문에 그 이후 마녀가 무슨 말을 하는지 알아차리지 못했다. 마녀는 계속 내 뒤에서 소리를 질러댔다.

모니터에 나온 이학진은 오른손에 쥔 담배를 입에서 떼는 장면에 멈춰 있었다. 담배 연기를 입에서 내뿜는 순간이었다. 손이 커서 담배가 성냥개비처럼 보였다. 거구라서 옆에 있는 차현숙보다 두 배 정도는 커 보였다. 정인철 형사과장보다는 키가 작았지만, 덩치는 훨씬 컸다.

뒤에서 마녀가 계속 떠들어댔다. 그녀가 내 어깨를 손가락으로 톡톡 치는 것 같았다. 나는 개의치 않았다.

나는 이학진과 차현숙이 함께 촬영된 그림에 초점을 맞춰서 화면을 확대했다.

어깨를 건드렸던 손가락들이 내 어깨를 쥐고 흔들었다.

"김환! 너, 사람을 어떻게 보는 거야. 내 말이 말 같지 않니? 경영국장을 개무시하는 거니? 싸가지 없이 구니까 뒤통수나 얻어터지고, 엉? 한 대 더 맞을래?"

나는 앉은 채로 의자를 돌렸다. 몸에 붙는 얇은 흰색 스웨터에 타이트한 치마를 입은 마녀가 허리 양쪽에 손을 짚고 죽일듯한 눈초리로 내려다보고 있었다. 뾰족한 코와 콧구멍, 빨간색 립스틱을 바른 큰 입술, 앞으로 내민 가슴, 모두가 나를 내리누르는 것 같았다.

"너, 어제 감찰 받다가 실종 어린이 사건 때문에 취재한다고 도망가지 않았니? 그런데 기사는 왜 안 썼어, 엉? 이게 구라나 치고."

내 머릿속에서 모니터 속의 이학진과 차현숙의 표정 없는 얼굴, 그리고 지금 눈앞에 보이는 마녀의 얼굴이 흰색 스웨터를 배경으로 오버랩 되었다. 나에게 계속 소리치던 마녀는 내 시선이 머무른 자신의 가슴 쪽을 내려다보았다.

"이런, 구제 불능…. 뭐 이런 개저질스런 새이가 다 있어, 엉?"

마녀는 오른손을 들어 올렸다. 주먹을 쥐었다. 나는 그 주먹의 방향을 알았지만 좁은 공간에서 의자에 앉아 있었기 때문에 피하는 데 한계가 있었다. 마녀는 보기 좋게 내 오른쪽 관자놀이 부분을 가격했다. 다음에는 왼손 엄지와 검지로 내 오른쪽 뺨을 쥐고 이리저리 비틀었다. 나는 너무 당황스러워서 비명도 지르지 못했다.

"인사위원회 열리면 그때 보자. 김환 기자. 후후…."

마녀는 입을 다물지 못하는 나에게 승리의 미소를 지으면서 편집실을 나갔다. 관자놀이 부분은 아프지 않았지만, 뺨은

얼얼했다. 뒷머리 통증이 되살아났다. 머릿속에는 방금 본 영상 이미지들이 흘렀다.

"선배님, 괜찮아요? 어휴, 저 마녀, 남의 사무실에 와서 고래고래 소리 지르고…. 선배가 여기 있는 줄 어떻게 알고 왔죠? 완전 귀신이네요."

옆방에서 편집하던 오승훈 기자가 앞에 나타나 멍한 상태로 있던 나를 깨웠다.

"보도국장이 알려줬을 거야."

"끼리끼리 논다니까."

"오 기자, 유골 발굴 현장에서 촬영한 그림도 모아놓았지? 유기철 기자가 찍은 것도?"

"물론이죠. 한 번 보세요. 올해 연도 폴더에 있습니다. 제가 촬영한 거, 기철이가 촬영한 거 따로 담았습니다."

"고맙다."

"천만에요. 근데 경영국장님 미인대회 출신 맞나봅니다. 나이 들어도 몸매가 장난이 아니네요."

"야, 이 자식아! 구석에 숨어있으면서 몸매만 봤냐? 선배 구해줄 생각은 하지 않고."

"저 같은 조무래기는 경영국장한테 한 번 찍히면 그날로 끝이에요, 끝. 그럼 수고하세요, 선배님. 마녀가 주먹 휘두른 장면은 핸드폰으로 다 촬영했어요. 인사위원회 한다면서요?

잘 보관하고 있을게요. 소주 한 잔!"

오승훈 기자도 승리의 미소를 지으면서 편집하던 방으로 돌아갔다.

나는 의자를 돌려 모니터를 보았다. 이학진과 차현숙의 확대된 얼굴이 그대로 있었다. 정지한 그림을 다시 플레이했다. 이학진과 차현숙의 모습이나 표정은 변화가 없었다.

조금 뒤 이학진은 차현숙을 어깨로 건드렸다. 자신에게 얼굴을 돌리는 차현숙에게 머리를 끄덕이며 눈짓하고 정인철 형사과장을 한 번 보고는 현장을 떠났다. 쌍둥이 집을 자신의 포크레인으로 파헤치는 모습을 보기 싫어서였을까? 포크레인 작업 기사에게 작업을 맡기는 것 같았다.

나는 유골 발굴 현장 그림을 찾았다.

오승훈 기자가 촬영한 것은 과학수사대 형사들이 처음 작업하는 그림과 시경 차장 인터뷰, 민수의 현장 멘트였다.

유기철 기자가 촬영한 그림도 찾았다. 유 기자가 촬영한 것은 분량이 많았다. 밤늦도록 촬영한 것이다. 나는 천천히 그 자료 그림을 돌려보았다. 동구 아빠와 엄마, 쌍둥이 자매의 할머니 모습이 다양한 각도로 여러 차례 촬영되어 있었다. 흙 속에 묻힌 세 어린이 유골들, 유골을 발굴하는 형사들의 모습도 담겨 있었다. 주변에서 유골 발굴 작업을 지켜보는 시민들도 촬영했다.

나는 주변 구경꾼들도 꼼꼼하게 살펴보았다. 내 예상이 맞았다. 거기서도 그를 발견했다. 누구보다도 덩치가 큰 남자, 이학진이었다. 살해되기 몇 시간 전 모습이었다. 저녁 무렵 촬영한 그림으로 조명을 비추지 않았기 때문에 구경꾼들 사이에서 희미하게 보였지만 워낙 거구여서 쉽게 알아볼 수 있었다.

나는 그림을 계속 돌렸다.

반대쪽 구경꾼들의 모습은 그늘에 있어서 알아보기가 더 어려웠다. 어디서 본 듯한 낯익은 모습들이라는 생각은 들었다. 실종 사건에 어느 정도 연관이 있는 사람이라면 저 구경꾼 가운데 꼭 있을 것이다. 마을 주민 외에 익숙한 실루엣도 언뜻 보였다. 구경꾼 모습은 거기서 끝났다. 유기철 기자는 밤이 되자 조명을 켜고 유골 발굴 작업만 조금씩 촬영했다.

나는 자료 그림을 원래 저장 상태로 돌려놓고 에디우스를 껐다. 아이들 유골이 발견되었을 때 처음 유골 발굴 현장을 보고 머릿속에서 떠나지 않았던 생각, 이해하기가 힘들었던 부분이 있었다. 밖으로 드러난 현상이 서로 앞뒤가 맞지 않았기 때문이다.

나는 사무실로 들어가지 않고 복도를 통해 보도국 문을 나섰다. 경영국장과 지가영 작가가 이야기를 하고 있다가 동시에 나를 보았다. 경영국장은 승리의 표정을, 지가영 작가는 약간 당황한 듯 했다. 내가 영상편집실로 들어갔다는 이야기를 어쩌면 보도국장이 아니라 지가영 작가가 했을지도 모른다는 생각이 들었다.

　나는 그들을 지나쳤다.

15

밤에 바라보는 동촌경찰서 건물은 빈집 같았다. 의무경찰 한 명만 현관 앞에서 경비를 서고 있었다. 출입하는 사람이 없어서 경찰서는 더 쓸쓸해 보였다.

무거운 유리 현관문이 열렸다. 차현숙 씨가 밖으로 나왔다. 그녀는 계단을 내려와 경찰서 건물 뒤쪽 주차장으로 걸어갔다.

나는 그녀를 쫓아갔다.

빠른 걸음이었다. 바지 정장에 구두를 신었다. 주차장은 업무용 차량과 승용차 몇 대만이 가로등 빛을 받고 있을 뿐이어서 적막해 보였다. 그녀는 한쪽 구석에 주차한 SUV 차량 쪽으로 갔다. 차에 불이 들어오면서 문이 열렸다.

나는 그녀에게 다가갔다. 문을 열던 그녀가 나의 기척에 놀라 급하게 몸을 돌렸다.

"어머, 왜 그러세요."

"김환 기잡니다."

"네? 아…예, 김환 기자님. 알 거 같네요."

"아시겠어요? 알아보신다니 반갑습니다. 그런데 어떻게 기억하셨어요, 저를?"

"네? 전에 경찰서에 출입하지 않으셨어요? 오랫동안 여기 동촌경찰서에 나오신 거 같은데…."

"여기는 거의 오지 않았습니다. 특별수사본부에 주로 갔죠."

"네? 아…네, 맞아요, 거기, 특별수사본부."

"저는 차현숙 씨가 전혀 기억이 나지 않는데요."

"네? 무슨 말씀인지…."

"…."

"무슨 일로 저를…."

나는 그녀에게 내 뒷머리를 보여주고 그녀의 표정 변화를 기다렸다. 그녀는 아무런 표정이 없었다. 가로등 빛을 반사하는 눈동자만 반짝반짝 빛났다.

"차현숙 씨 키가 작아서 그렇지 안 그랬다면 저는 정수리를 맞았을 겁니다. 칼에 찔려서 죽었을지도 모르죠."

"난 안 그랬어요."

그녀가 빠른 말로 응수했다. 이런 반응을 나타내면 조금 더 조급해지도록 기다려야 한다. 잠시 침묵을 지켰다. 그녀는 도망가지 않고 변명 거리를 찾는 것 같았다. 방어가 시급해질 때 보이는 특징이다.

"뭔가 오해를 하시는 거 같네요. 저는 안 그랬어요."

"그랬다고 하지 않았습니다. 그게 뭐라고 생각하는지 모르겠지만."

"…."

"남편 장례도 치러야 할 텐데 돈다발부터 챙기고 대단하시네요."

"…."

"압수수색 할 텐데 은행에도 넣지 못하고 돈을 꼭꼭 숨겨놓아야 할 겁니다."

"도대체 무슨 말씀을 하시는 거예요?"

"내가 모를 줄 알았습니까? 내가 쓰러질 때 차현숙 씨 뒷모습을 봤어요. 레깅스 바지에 운동화, 등산재킷, 돈다발을 오른손으로 들고 뛰어나가던 모습. 왼손이었나? 지금 집에 가서 함께 찾아볼까요?"

"…."

"…."

"원하시는 게 뭐죠?"

"무엇을 원할까 생각 중입니다."

"무슨 말씀을 하시는지 잘 모르겠네요."

"지도책은 왜 거기에 놔두고 갔나요?"

"지도책…."

"용무산 구석구석 여기저기에 표시를 해놓은 그 지도책, 깜박했어요? 돈다발에 정신이 팔려서?"

"…."

그녀는 반짝반짝 빛나는 눈으로 나를 쳐다보기만 할 뿐이었다. 나는 그녀의 반응을 기다렸다. 그녀의 마음이 갈등으로 요동치는 것을 꾹 참고 기다려야 한다.

긴 침묵이 흘렀다.

그녀는 무엇인가 알고 있었다.

나는 승리의 미소를 지었다. 적어도 내가 이겼다고 생각한다는 표시를 우선 보여주고 반응을 보는 것이다. 그다음에는 1라운드지만 한 방이 중요했다.

나는 오른손으로 그녀의 왼쪽 손목을 꽉 잡았다. 그리고 그 손목을 들어 올려 손바닥을 폈다. 왼손으로 재킷 주머니에서 내 명함을 꺼내 그 손바닥 위에 올려놓았다. 그리고 그 상태로 기다렸다.

그녀가 명함을 보고 내 눈을 보았다. 내 명함을 쥐었다. 나는 그녀의 손목을 풀어줬다. 또 침묵이 흘렀다.

그때였다.

차 한 대가 주차장 안으로 들어왔다. 전조등 불빛이 우리 두 사람을 비췄다. 그녀가 놀라면서 문을 열고 차에 탔다. 시동을 걸었다. 나는 운전석 유리창을 손가락 마디로 톡톡 두드렸다. 그녀가 창문을 열었다.

"나는 당신이 의정부시청에 제보 전화를 했다는 것도 알고 있어요. 지금 대한민국은 IT 강국입니다."

그녀는 겁에 질린 표정으로 나를 한 번 올려다보고는 창문을 닫으면서 빠른 속도로 차를 몰았다. 쓰러질 때 뒷모습을 봤다는 거짓말이 통할지 기다려보기로 했다.

김이삼 형사과장은 자기 방에서 다른 형사들과 회의를 하고 있었다. 나는 열었던 문을 도로 닫고 경찰서 현관 밖으로 나왔다. 경비를 서는 의경이 측은해 보였다. 누구의 자랑스러운 아들일 것이다.

나는 그를 보고 온화한 웃음을 지어 보였다. 그도 웃었다. 경찰서에 수시로 드나들다 보니 경비 서는 의경들 얼굴에 익숙해졌다. 나이도 어리고 귀엽게 보이는 친구들도 많았다.

"고생이 많네. 저녁에 보초 서면 정말 심심하겠어. 날씨가 추워지는데 춥지는 않나?"

나는 의경에게 삼촌 같은 표정으로 말했다. 물론 삼촌 같은 표정은 내 생각이었지만.

갑자기 의경의 표정이 굳어졌다. 눈을 크게 뜨며 말했다.

"반말하지 마십시오. 언제 봤다고 반말입니까?"

나는 갑자기 목이 콱 막혔다. 그때 '환희의 찬가'가 울렸다. 김이삼 과장이었다.

"선배님, 들어오시죠. 회의 끝났습니다."

나는 의경을 쏘아보며 현관 안으로 들어갔다. 의경은 가소롭다는 표정이었다. 괘씸하다는 생각과 부끄러운 감정이 교차했다.

"김 과장, 요새 의경 애들 왜 저래? 애들이 너무 건방져. 교육을 잘해야 하지 않겠어?"

"왜요? 다 큰 친구들한테 무슨 교육을 합니까? 건방 떠시다가 한 대 또 맞았습니까? 어른이 조심해야지 애들 잘못 건드리면 개망신당합니다. 쟤들, 개저씨를 제일 싫어합니다. 강아지는 좋아하지만."

"뭐라고? 내가 개저씨라고?"

"회사 갔다가 오십니까? 뭔가 알아냈습니까?"

"차현숙 씨는 조사했어? 뭐라고 하던가?"

"어젯밤에 왜 그 아파트 단지에 갔었냐고 물으니까 폐업한 회사 부지를 팔려고 그 동네 부동산에 갔었다고 그러더라고

229

요.”

“그런가? 어느 부동산? 부동산에 실제로 갔는지는 알아봤고?”

“가보니까 아파트 단지 앞 부동산 사무소들이 모두 문을 닫아서 다른 부동산도 찾아볼 겸 동네를 걸어서 몇 바퀴 돌았다고 했습니다.”

“경찰을 가지고 노는군. 혹시 누구를 때렸는지 물어봤겠지?”

“그건 차현숙 씨가 어제 아파트 단지에 몇 시쯤 왔는지 CCTV를 더 확인해 보고, 부동산 사무소들은 몇 시에 문을 닫는지도 알아본 뒤에 진술이 거짓이면 내일 다시 불러 물어볼 겁니다. 미리 물어보면 알리바이를 준비할 수 있으니까 몇 가지 더 확인하고 추궁할 겁니다.”

“과거에는 무슨 일을 했는지 조사는 해봤어?”

“그건 지금 알아보고 있습니다.”

“직접 물어보지는 않았고?”

“아뇨. 왜요?”

“여기 동촌경찰서 형사였네. 고참 가운데 아는 사람 없던가?”

“네? 형사? 언제 말입니까?”

“회사에서 자료 그림을 보고 왔어. 그 여자, 어린이 실종 사건 때 여기서 일했어. 용무산 수색 작업에도 수없이 참여했고."

"그러면 형사를 언제 그만두고, 또 언제 이학진과 결혼했죠?"

"그건 경찰이 좀 알아봐. 언제부터 언제까지 경찰에 있었는지, 동촌경찰서에서 근무할 때는 이학진과 부부였었는지 아니면 그 후에 결혼했는지, 집은 어디에 있었는지, 다른 부동산은 있는지, 있다면 얼마나 있는지 알아보는 게 좋을 것 같아."

"그렇군요. 아이들 실종과 관련이 있을까요?"

"실종 후에는 당연히 관련이 있다고 봐야 할 거고, 실종 전부터 관여했는지는 아무도 모르겠지, 지금은."

"이학진 피살, 선배 폭행, 차현숙, 뭔가 연관성이 있다고 보십니까? 일단 내일 선배부터 소환해서 조사해봐야겠습니다."

"소환할 필요 없네. 내일도 여기에 내 발로 올 거니까."

긴 하루였다.

냉장고에서 캔 맥주 한 개를 꺼내 식탁에 앉았다. 빈맥 때문에 의사가 술을 마시지 말라고 했지만, 맥주 한 잔이라도 하지 않으면 잠을 잘 수가 없었다.

침실과 거실만 있는 작은 오피스텔이다. 답답하게 느껴졌다. 더 넓은 아파트로 이사해야겠다고 여러 차례 마음먹었지만, 잠만 자는 용도가 대부분이어서 계속 눌러앉았다. 조만간 환경에 변화를 주는 것도 좋겠다는 생각이 들었다.

김이삼 과장에게 차현숙에 대해 의심하는 점을 애기하려다가 그만둔 것은 개연성은 있지만, 모두가 나의 추측이었기 때문이다. 돈다발이나 나를 때렸다는 부분, 의정부시청에 제보 전화를 했다는 것도 아무 증거가 없다. 차현숙의 집을 압수수색하자고 하면 김이삼 과장이 영장 신청조차 힘들 거라면서 반대할 것이다.

더 큰 그림을 그릴 수 있다면 모든 부분에서 증거를 얻을 필요는 없다. 연결고리만 완성할 수 있다면, 단 한 군데에서 나오는 증거면 족하다.

SNS를 통해서 오늘 뉴스를 검색했다. 어린이 실종 사건 아이템은 두 개였다. 유골 감식 결과와 경찰 수사 속보를 묶은 한 꼭지와 거짓 제보가 많아서 경찰이 일일이 확인하는 데 어려움을 겪고 있다는 내용 한 꼭지였다. 첫째는 캡이, 둘째는 민수가 리포트 했다.

사건 팀 대화방에는 사회부장의 전달 사항이 몇 가지 올라와 있었다. 비용을 절약해야 한다는 회사 당부도 있었다. 구조조정이 임박했다는 사회부장 개인의 해석도 있었다. 내일 제작할 아이템도 있었다. 실종 사건 리포트는 속보 한 건만 올라와 있었다. 캡이 올려놓은 것이다.

이학진과 차현숙, 나까지 어떤 연결고리가 있는 것이 틀림없다. 관련자의 범위는 어디까지 확대시켜야 할까?

9년 전 환경교육 프로그램에서 만났던 그 신문사 여기자가 말했듯이 큰 시각으로 전체를 조망해야 한다. 다만 큰 그림을 어떻게 질서정연하게 편집할 것인가가 문제였다.

16

이틀 전보다 더 짙은 안개가 내려앉았다. 날씨도 더 추워
졌다. 겨울이 다 된 것 같았다. 나는 재킷의 옷깃을 세웠다.
제자리 뛰기도 했다. 동네 어른 수십 명이 초등학교 운동장
을 빠른 걸음으로 돌았다. 안개가 서서히 걷혔다.

이틀 전보다 30분 늦게 그가 나타났다. 나에게 다가올 때
까지 기다렸다. 이틀 전에는 왼쪽 다리를 절면서도 빠른 속
도로 걸었지만, 지금은 마치 부상당한 병사처럼 천천히 걸음
을 옮겼고 다리도 더 심하게 저는 것 같았다. 밤새 잠을 자
지 못했거나 지병이 악화됐거나 분명히 문제가 있어 보였다.

그가 나를 보았다. 얼굴도 이틀 전에 비해 말도 못하게 초
췌해졌다. 그는 내 앞에서 걸음을 멈췄다. 그는 나를 내려다

보았다. 질문하지도, 대답하지도 않을 표정이었지만 그렇다고 나를 지나칠 것 같지도 않았다.

"새벽 운동보다는 집에서 쉬셔야 하는 것 아닙니까, 정인철 과장님?"

"운동하지 않으면 일과를 시작할 수가 없소."

"오늘은 늦게 나오셨네요."

"일어나기 힘들었소."

힘없는 쉰 목소리가 그의 몸 상태를 말해주었다.

"이학진 씨가 살해됐습니다. 그저께 새벽에요. 제가 과장님 만나러 이곳에 오기 전이었습니다."

"이학진이 누구요?"

"생각나지 않습니까? 과장님이 잘 아시는 사람입니다. 쌍둥이 집을 파헤칠 때 과장님이 부른 그 전문건설업체 사장 말입니다. 포크레인을 가지고 왔죠."

"알 것 같소."

"차현숙 씨는 잘 아시죠?"

그는 내 질문에 바로 대답하지 않고 고개를 갸우뚱하고는 다시 천천히 걷기 시작했다. 잠시 침묵이 흘렀다.

"누구라고 했소? 차 뭐요?"

"차현숙 형사 말입니다. 과장님 밑에서 일한 여자 형사 있잖습니까? 용무산을 수색할 때 항상 과장님이나 서장님 옆에 있었죠."

"차현숙? 아, 형사과에서 일했다면…. 기억할 수 있을 것 같소."

"기억나십니까? 혹시 이학진 씨와 차현숙 씨가 부부라는 사실은 알고 계셨습니까?"

그가 내 질문이 끝나기도 전에 대답했다.

"부부였소?"

잠시 침묵이 흘렀다.

"이학진 씨는 폐업한 회사 건물 안에서 누군가에 의해 정수리에 둔기에 맞고 쓰러졌습니다. 두개골이 박살 났죠. 아마도 쓰러진 상태에서 허리 부분을 칼에 찔린 것으로 보입니다. 저도 같은 장소에서 차현숙에 의해 뒷머리를 흉기로 맞고 쓰러졌습니다. 다행히 저는 쓰러진 상태에서 칼에 찔리지는 않았습니다만."

정인철 과장은 내 머리를 쳐다보고 다시 먼 곳을 바라보며 계속 걸었다.

"차현숙 씨는 그 건물 안에서 이학진 씨가 숨겨놓거나 아니면 두 사람이 함께 숨겨놓은 현금다발을 들고 달아났죠. 그 현장을 들킬까 봐 저를 때려눕힌 겁니다."

"이학진은 누가 죽였소? 범인을 잡았소?"

"못 잡았습니다."

"김 기자 머리를 때린 차현숙은 경찰이 검거했소?"

"증거는 없습니다."

"어디까지가 진실이고 어디까지가 추측이오?"

"모두 다 추측입니다."

"어떻게 하란 말이오?"

"차현숙 씨는 큰 실수를 했습니다."

"그게 뭐요?"

"지도를 미처 챙기지 못하고 비밀창고에 그대로 두고 간 겁니다. 용무산을 중심으로 어떤 장소들이 표시된 거죠."

"장소라면?"

"중요한 장소죠."

"원하는 것이 뭐요?"

"그저께 말씀드렸듯이 범인을 잡는 데 도움을 주셨으면 합니다. 지금 경찰은 실종 사건에 대해서 잘 모릅니다."

"어떻게 도와달라는 거요? 경찰이 부탁합디까?"

"아닙니다. 제가 개인적으로 부탁하는 겁니다."

"내가 무얼 하겠소? 아이들 유골도 발견됐잖소. 과학수사가 발달했으니 경찰이 알아서 하지 않겠소?"

그는 더 말하기 싫은 눈치였다.

"차현숙 씨는 어떤 경찰이었습니까?"

"기억이 잘 나지 않소. 언제 경찰을 그만두었는지도 모르겠소."

나는 거기서 걸음을 멈췄다. 걸을 수가 없었다.

그는 나에게 눈길을 한 번 주고는 천천히, 더 천천히 걸어갔다. 나는 갑자기 빠르게 뛰기 시작한 심장을 손으로 움켜쥐었다. 그 상태로 심호흡을 하면서 운동장을 천천히 걸어나왔다. 내 심장 박동 수 만큼이나 사건의 전개가 빨라지는 것 같았다.

세 어린이 실종 사건은 영원한 미제사건인 것처럼 보였다. 그 사건은 기억에서 사라져가고 있었다. 사건을 담당한 형사들도, 취재한 기자들도 사건에서 모두 손을 뗐다. 나 또한 기억하고 싶지 않은 순간이 많아서 그 사건을 다시 취재하겠다는 생각을 해 본 적이 없었다.

하지만 아이들 유골이 발견되면서 한 가닥 실마리를 발견할 수도 있다고 생각했다.

아이들을 살해한 범인을 바로 잡지 못해도 만일 범인이 두 명 이상이고 그들 간 관계에서 무슨 사건이라도 발생한다면, 파생된 그 사건을 해결함으로써 아이들 실종 사건까지 해결할 수 있다는 생각이었다.

17

　세 어린이 실종 사건 이후 용무산마을 쪽으로 온 것도, 용
무산에 오르는 것도 거의 9년만이었다. 마을과 산의 풍경이
마음 속 한구석에 내내 자리 잡고 있었지만 다시 찾는 것은
내키지 않았다.

　자연부락과 논밭이 있던 용무산마을의 대부분 지역에 대규
모 아파트 단지가 들어섰다. 놀이터도 아파트 단지와 함께
생겼다. 실종 어린이 유족들의 집과 그들의 논밭, 그 남쪽에
있는 초등학교와 주변 상가 일부만 개발되지 않았다.

　세 어린이가 용무산에 오를 때 이용했던 산 아랫길은 모두
아파트 단지에 묻혔다.

　아이들은 용무산마을의 동편에 있는 집에서 나와 서쪽으로

논과 밭, 옆 동네, 또 논밭을 가로지른 뒤 방향을 북쪽으로 틀어 용무산에 올랐다. 조금만 오르면 작은 못이 하나 있었다. 아이들은 작은 못 주변에서 놀거나 못에서 작은 냇물을 따라 올라가며 가재를 잡았다. 조금 더 산으로 올라가 자기들만의 작은 공간에서 놀기도 했다.

거기서 싫증나면 다른 곳 어디든 갔다. 작은 못 서쪽에 있는 집성촌 공동묘지만 가지 않았다.

산 정상에 오를 때는 정상에서 '야호'를 몇 번 외치고 동서남북 어느 방향으로든 내려와 산을 멀리 돌아 집으로 돌아갔다. 어렸을 때부터 그랬다.

유가족과 동네 주민의 증언을 경찰이 몇 번이고 확인한 내용이었다. 경찰은 아이들의 주요 이동로를 지도로 작성해서 용무산을 수색할 때마다 이 루트를 중심으로 수색대 인력을 집중적으로 투입했다.

전망대는 구두를 신고서도 어렵지 않게 올라갈 수 있을 것 같았다. 나는 놀이터 옆에 차를 주차한 뒤 노트북 가방을 어깨에 메고 전망대 오르는 길로 들어섰다. 아침이라서 그런지 놀이터는 텅 비어 있었다.

승용차를 주차한 놀이터 부근은 10년 전 작은 못이 있던 자리였고 서쪽으로 조금만 더 가면 집성촌 공동묘지가 있었던 곳이라고 생각했다.

전망대 가는 길에는 주홍색 보도블록이 깔려 있었다. 동쪽이나 북쪽에서 오르는 등산로와 달랐다. S자형으로 조성된 길을 따라 고작 20분 정도 올랐는데 전망대가 보였다.

전망대에 오르면 산 아래 지형이 한눈에 들어올 것으로 예상했다. 그렇지 않았다. 전망대에서 산 아래 도시를 전망하는 것은 불가능했다. 고층 아파트들이 산을 둘러싸고 있어서 시선을 가로막았다.

용무산마을의 동편에 섬처럼 남아있는 세 어린이 집과 주변 논밭은 고층 아파트에 가려 보이지 않았다. 9년 전 환경교육 때 만났던 그 신문기자의 말처럼 용무산은 철저하게 고립되어 있었다.

나는 지도책을 노트북 가방에서 꺼내 용무산마을 부분을 펼쳤다. 이학진 사무실에서 가져온 지도책이었다. 지도에서는 10년 전 용무산마을의 대부분 지역, 아이들이 산을 오르던 루트를 찾을 수 있었다.

짐작대로 작은 못 자리에는 놀이터가 들어섰다. 작은 못 윗부분까지 산은 파괴되고 아파트 건물, 산책로, 공원 같은 인공 조성물이 들어섰다.

나는 이학진 씨가 지도에 연필로 그린 것으로 추정하는 당구장 표시 지역에 지금 무엇이 들어섰는지 대조했다. 하나는 세 어린이 집에 표시되어 있었다. 또 하나는 지금 놀이터가 있는 작은 못에 표시되어 있었다. 작은 못 서쪽 숲속에도 또 한 개의 당구장 표시가 있었다. 지금은 아파트 건물이 들어선 장소였다.

처음에는 그 표시가 의미하는 것을 알지 못했다. 아파트가 들어설 지역이라고 예상했기 때문에 이학진 씨가 표시했을 것으로 생각했다. 하지만 아파트 지역은 대체로 둥그런 원이 그려져 있었다. 그렇다면 지금 아파트가 들어선 자리이기 때문에 둥근 원이 그려져 있어야 하는데 당구장 표시가 그려져 있는 것이다.

지도를 들어 전망대에서 보는 각도와 맞췄다. 그 당구장 표시가 가리킨 곳은 집성촌 묘지가 있었던 장소였다.

맥박이 빨라졌다.

나는 용무산의 북쪽 부분을 펼쳤다. 산의 북쪽도 상당 부분 파괴되었고 그 자리에 대규모 아파트 단지가 들어섰다. 하지만 당구장 표시가 있는 곳은 지금도 산이었다. 아직은 아파트 단지가 점령하지 않은 장소였다.

나는 아파트 단지와 지도책을 비교하면서 당구장 표시 부분이 어디쯤인지 가늠해 보았다.

빨라진 맥박이 가슴을 때리는 것 같았다.

그곳은 세 어린이 유골이 발견된 장소였다.

다시 묘지 부분에 그려진 표시를 찾아 그곳에 세워진 아파트 단지를 확인했다.

나는 놀이터까지 뛰어 내려왔다.

놀이터에서 지도책을 펴고 집성촌 묘지가 있던 서쪽을 향해서 천천히 걸어갔다. 묘지가 있던 장소에는 M 아파트 단지 가장 뒤쪽에 있는 창고 건물이 들어서 있었다.

18

"지금 회의하고 있는데 끝나면 전화하겠습니다."

김이삼 형사과장이 속삭였다. 나는 그가 전화를 끊지 못하게 했다.

"김 과장, 김이삼 과장, 잠깐만. 핸드폰 들고 사무실에서 나와."

"급한 겁니까? 잠깐만 기다리세요. 잠시만요. 자, 나왔습니다. 말씀하세요."

"차현숙 씨 얼른 수배해야 할 것 같아. 그 여자 수상한 게 많아. 긴급 체포해야 해. 그리고 집을 수색하는 거야."

"무슨 혐의로 체포합니까? 수색은 또 무슨 명목으로 합니까? 큰일 날 소리 하시네. 정신 있어요? 증거가 나와야 할 거 아닙니까?"

김이삼 과장의 목소리가 커졌다.

"일단 나를 때린 혐의로 하면 되잖아."

내가 소리 질렀다. 핸드폰 저쪽에서 잠시 침묵이 흘렀다.

"맞은 사람이 때리는 사람을 보았다고 하면 되잖아. 확실하다고 해. 아니, 확실해. 그 여자 나를 죽이려고 했으니까 일단 체포해서 강남에 있는 집부터 뒤져봐."

"그럼 선배님이 얼른 여기서 정식 진술을…"

"사람이 왜 그렇게 꽉 막혔냐? 진술서에 도장은 조금 있다가서 찍을게."

"위증이잖습니까?"

"지금부터는 위증 아냐. 경찰이 뭐 하는 거야. 피해자가 가해자를 지목하고 잡아달라는데."

"음, 알겠습니다. 방송기자가 폭행당했다고 했기 때문에 일단 체포할 수도 있지만 괜히 불안하네요. 그런데 체포한 다음에 집에서 뭘 찾아내야 합니까?"

"실종 어린이와 관련된 것이 있는지, 돈다발이 있는지 찾아야 해."

"일단 알겠으니까 얼른 경찰서로 오십시오."

"병원에 들렀다 갈게."

"아, 진단서도 필요하겠네요."

"그리고 한 가지 더. 용무산마을 M 아파트 단지 개발 전에 그 땅 지주가 누구였는지 알아봐. 땅 주인이 문중일 수도 있는데 그래도 개인 명의로 돼 있었을 거야. 지금 바로 알아보는 게 좋을 거야. 옆에 있는 동촌구청에 가면 상세하게 알려줄 거야. 팀원 한 명 바로 보내서 알아봐 줘."

"또 시작이네. 경찰 간부에게 명령하면서 부려 먹는 거. 알았습니다. 하여튼 잘못되면 책임지세요. 근데 책임을 어떻게 지지? 만일 일이 잘 안 풀리면 선배를 때린 사람이 차현숙이라고 끝까지 우기세요. 안 그러면 큰일 납니다. 그리고 형사과장에게 차현숙 체포하지 않으면 가만히 있지 않겠다는 협박까지 했다고 진술하세요."

"알았어, 알았다고."

나는 핸드폰을 옆자리에 던지고 차를 K대 의과대학으로 몰았다.

서채민 교수는 전화를 받지 않았다. 연구실에도 없었다.

나는 법의학 교실에서 시체를 해부할 때 사용하는 해부실로 갔다. 어린이 유골을 해부실에 놓고 분석할 것 같지는 않았지만, 그 주변에 실험실로 쓸 만한 공간이 여러 개 있다는 것을 알고 있었다. 내 생각이 맞았다. 해부실 옆 실험실에서 안면이 있는 교수 한 명이 나와 내 옆을 스쳐 지나갔다.

나는 그 실험실 문을 노크했다. 반응이 없었다. 한 번 더 노크했다. 안에서 문이 열렸다. 날카로운 인상의 여교수가 도대체 누구냐는 표정으로 나를 보았다.

"저는 지금 경찰서로 들어가는 중입니다. 서채민 교수님 계시면 잠깐 불러주시면 감사하겠습니다."

그녀는 알겠다는 듯 고개를 끄덕이고 문을 닫았다. 조금 뒤 문이 열리고 서채민 교수가 나왔다.

"어이쿠, 이게 누구야. 경찰을 사칭하고. 여기 오시면 안 되는데."

"경찰 사칭은 하지 않았습니다. 경찰서 들어가는 중이라고만 했습니다. 죄송합니다. 중요한 겁니다. 자문을 구해야 해서 어쩔 수 없이 왔습니다. 한 가지만 여쭤보겠습니다."

"그러면 잠시 저쪽으로 가지. 사실 시간은 좀 있네."

서채민 교수는 나를 자판기 앞으로 데려갔다. 나는 지갑에서 천 원짜리 몇 장을 꺼내서 자판기에 넣었다. 서채민 교수는 가장 비싼 고급 캔 커피 버튼을 눌렀다. 나는 천 원짜리를 몇 장 더 넣고 같은 커피 버튼을 누른 뒤 모두 다섯 개를 꺼냈다.

"실험실 안에 몇 사람 있습니까?"

"됐네, 됐어. 두 명 있어. 한 사람은 나갔다가 다시 올 걸세."

나는 캔 커피를 옆 테이블에 올려놓고 그중 한 개를 집어 뚜껑을 따낸 뒤 서채민 교수에게 건넸다.

"뭔데 그렇게 급한가. 여기는 시간이 좀 걸려. 말해줄 게 없네."

"알고 있습니다. 아이들 유골 발굴 현장 웅덩이 구조, 지금도 기억하고 계십니까?"

"외우고 있지."

"아래쪽으로는 더 넓어진 마름모꼴 웅덩이였습니다."

"그렇지."

"아이들 유골은 그 웅덩이에 묻힌 채 발견됐고요."

"그렇지. 대부분 묻혔었지."

"교수님, 저는 처음 유골을 보았을 때 그 점을 이해하지 못했었죠."

"어떤 점을 말인가?"

"유골이 묻힌 흙 속 깊이 말입니다."

"흙 속 깊이?"

"그때는 기억이 분명하지 않았지만 이제 분명해졌습니다. 아이들이 너무 얕게 묻혔습니다."

"깊이 묻지 않고 너무 얕게 묻었다는 얘긴가? 범인이? 아니면 범인들이? 그거야 처음에는 깊게 묻었는데 얼마 전 폭우 때문에 유골을 덮은 흙이 깎여 나갔을 수도 있지. 지난

10년 동안 폭우가 한두 번 왔겠나? 처음 묻을 때 얕게 묻는 놈들이 어디 있겠나? 처음엔 범행을 감추려고 아주 깊이 묻었겠지."

"얕게 묻었다는 말이 아닙니다. 저는 10년 전에 그곳, 그 웅덩이를 자주 가봤습니다. 아이들을 찾기 위해서 숲속을 헤매다가 그 웅덩이 위에 있는 바위에 앉아 쉬다가 왔죠."

"그래서?"

"아이들이 나무에 걸려 있거나 바위 위에 놓여 있는 상태로 발견될 거라고 생각하는 사람은 없었을 겁니다. 누구나 매장되어 있을 거라는 가정 아래 아이들을 수색한 거죠. 용무산에 가면 항상 아래쪽을 본 거죠."

"그랬겠지. 그렇다면 10년 전 내려다보았던 웅덩이 깊이와 지금 내려다보는 웅덩이 깊이가 다르다는 말인가?"

"네, 바로 그겁니다. 10년 전에는 웅덩이가 훨씬 더 깊었습니다. 누군가 그 웅덩이에 아이들을 묻었다면 제가 발견하지 못할 정도로 훨씬 더 깊게 묻었다는 얘깁니다. 하지만 지금 아이들 유골이 발견된 위치는 10년 전 웅덩이 깊이보다 1미터 이상 높은 위치입니다."

"호오, 흥미 있는 대목이네. 음, 대단해. 매우 중요한 사실일 것 같네. 그래서 결론은?"

"아이들 유골을 누군가가 중간에 옮긴 거죠."

"음, 무엇을 설명하려고 하는지 알겠군. 김 기자가 본 것이 맞는다면 그랬을 가능성이 크다고 봐야겠군. 김 기자가 보았던 그 깊은 웅덩이에 시간이 흘러 토사가 쌓인 뒤에 누군가가 아이들 유골을 웅덩이로 옮기고 그 위에 흙을 덮었다는 가설이 가능할 것 같네. 만일 흐르는 물 때문에 토사가 쌓이지 않았더라도 그 위에 유골을 던져 놓고 흙을 덮었을 수도 있고. 분명한 건 유골을 옮길 때 웅덩이를 더 깊게 판 뒤에 유골을 묻었던 것은 아닌 것 같군.

그러니까 김 기자가 기억하는 깊이보다 훨씬 낮은 깊이에서 유골이 발견됐고, 얕게 매장됐기 때문에 그만큼 쉽게 발견된 것이라고 가정을 세울 수 있다는 거지."

"네, 그래서 아이들 이가 발견되지 않았고요."

서채민 교수는 한 손으로 무릎을 쳤다.

"맞네, 맞아. 유골을 옮기는 과정에서 아이들 치아나 잔뼈까지 수습하지는 못했다고 보는 것이 맞겠군. 자문을 구하려고 온 것이 아니라 자문을 하려고 오셨군."

"확인이 필요해섭니다."

"자연의 현상은 워낙 오묘해서 안 그럴 확률도 있을지 모르지. 김 기자가 10년 전에 본 웅덩이 모습을 제대로 기억하지 못할 수도 있고. 또 우리가 모르는 작용 때문에 깊이 파묻혔던 유골과 유품들이 동시에 스스로 깊은 곳에서 흙을 헤치고 위로 약간 솟아오를 수도 있겠고. 아이들 이빨조각과 작은 뼛조각만 빼고."

서채민 교수는 웃었다. 나도 웃었다.

"그렇다면 아이들 이빨 조각은 어디 있다는 얘긴가? 언제 몸통과 분리됐나? 그 누군가는 왜 유골을 옮겼을까?"

"그건 모르겠습니다. 만일 제 말이 맞는다면 이빨은 다른 곳에 묻혀 있을 겁니다. 아마도 용무산을 벗어나지는 않았을 것 같습니다만. 아이들이 최초에 묻힌 장소와 중간에 유골을 옮긴 시기, 옮긴 이유는 짐작만 할 뿐입니다."

"전에 만났을 때 아이들 이는 작은 돌과 구별하기 힘들다고 말했던 것 기억나지? 최초에 묻힌 정확한 지점을 밝혀내지 못하면 그 넓은 산에서 작은 돌멩이로 변한 아이들 이빨을 찾는 것은 불가능할 수도 있어."

실험실에서 나갔던 교수가 돌아오고 있었다. 서채민 교수와 나는 일어섰다. 서채민 교수는 옆 테이블 위에 놓아둔 캔커피를 잊지 않았다.

19

"오늘 전화 자주 하시네. 왜 안 오십니까?"

"차현숙 씨는 어떻게 됐나? 체포했나?"

"일단 임의동행 형식으로 경찰서에 데리고 올 겁니다. 그런데 집에 없습니다. 전화도 받지 않습니다. 지금 찾고 있습니다."

"집을 수색하지는 못했어?"

"지금 무슨 말씀을 하시는 겁니까? 문이 잠겨 있는데 억지로 따고 들어갈 수가 있겠어요? 문을 부술까요?"

"이학진 씨와 차현숙 씨는 언제 결혼했는지, 부동산이나 재산 상황은 어떤지 알아봤어?"

"이학진과 차현숙은 12년 전에 결혼했습니다. 아이는 없습니다. 부동산은 지금 사는 집하고 폐업한 회사 부지가 있습니다. 은행에 천 5백만 원 정도 예금이 있습니다. 지금 하는 사업은 없고요. 전문건설업체 관계자들 얘기가, 이학진은 건설 사업을 접고 다른 사업을 하려고 했답니다. 온라인 유통 사업에 관심이 많았다고 합니다."

"이상하군. 재개발 사업으로 많은 돈을 벌었을 텐데, 현금이 별로 없다고? 무슨 돈으로 새로운 사업을 하려고 했을까?"

"지금 사는 강남 집하고 용무산 동쪽 회사 부동산만 해도 백억 원은 넘을 겁니다. 그걸 담보로 하면 돈은 은행에서 얼마든지 빌릴 수 있지 않겠습니까? 많은 돈을 벌지 않았다니요? 오피스텔에 혼자 사시니까 부동산 시세를 잊으신 모양이네. 경제부 기자를 최근까지 하신 분이."

"당장 현금이 없다면서? 재개발 사업에 참여해서 번 돈으로 강남에 집을 샀다고 치고 그동안 무슨 돈으로 먹고 살았는지 궁금하지 않아?"

"그게 뭐가 궁금합니까? 전문건설업을 하는 사람들은 여기저기 용역 받아서 돈을 많이 법니다. 폐업했다고 해도 최근까지는 공사판에 장비 보내고 했을 거 아닙니까? 가난한 사람이 몇 배 부자를 다 걱정하시네."

김이삼 과장의 싸가지 없는 발언이 계속됐다. 약점을 콕 찔렀다.

"용무산마을 쪽 M 아파트가 들어선 그 땅의 지주는 누구였는지 알아봤어?"

"조금 전에 얘기해놓고 정말 급하시네. 팀원 한 명 구청에 보냈습니다. 조금만 기다리세요. 정 급하시면 인터넷으로 법원에 들어가셔서 등기부 등본을 떼보시든가요. 지번은 아십니까? 일단 경찰서부터 오시죠."

"잠깐, 이학진 씨 부검 결과는 말 안 해주나?"

"결과는 곧 올 겁니다. 그런데, 이학진 씨 시신을 인도하려면 어차피 차현숙을 찾기는 찾아야겠네요."

차현숙은 집에도 없고 전화도 받지 않는다. 차현숙은 어젯밤 나와 만났다. 만일 내가 한 말을 듣고 보여주는 반응이라면 차현숙은 중요한 열쇠가 될 수 있다. 흔든 것이 성공한 것일까?

"김 과장, 회사에 들어갔다가 경찰서로 갈게. 급한 일이 생기면 전화해."

나는 전화를 끊고 회사로 향했다.

영상편집실 가장 안쪽에 있는 방으로 들어갔다. 오승훈 기자는 옆방에서 그림 편집을 하고 있었다.

에디우스를 켜고 유기철 기자가 촬영한 유골 발굴 현장 자료 그림을 다시 불러냈다. 무엇인지는 정확히 모르겠지만 놓친 것이 있는 것 같았다. 모르고 보면 전혀 찾을 수 없지만, 찾고자 하는 대상을 염두에 두고 보면 눈에 띌 수도 있다. 카메라의 눈은 인간의 눈보다 훨씬 많은 것을 보고 담는다.

나는 유골 발굴 촬영 그림을 천천히 돌려보았다. 유골 발굴 장면을 바라보는 사람들도 한 명씩 꼼꼼하게 살펴보았다. 이학진의 모습도 다시 확인했다. 차현숙은 카메라에는 찍히지 않았다.

조명이 없는 상태, 저녁에서 밤으로 넘어가는 시간에 찍힌 나무 그늘 속의 사람들은 분명하게 알아볼 수 없었다. 그림을 앞뒤로 돌려보았다. 확대도 해보았다. 익숙한 실루엣이 있었던 것이 생각났다. 누구를 보고 익숙하다고 생각했을까? 천천히 그림을 플레이했다.

그때였다.

사람들 뒤편 낮은 곳에서 올라와 머리를 내밀고 유골 방향이 아닌 반대편 방향을 바라보는 그림자 형상이 보였다가 사라졌다. 그 존재의 움직임은 자연스럽지 않았다. 나는 화면을 뒤로 돌려 그림자 형상에 정지시켰다. 그림을 확대했다. 얼굴은 알아볼 수 없었다.

앞으로 돌려 다시 정상 속도로 플레이했다. 다시 화면을 정지했다. 앞으로 돌려 이번에는 두 배 속도로 플레이했다.

255

다시 정지시켰다. 나는 한동안 화면을 보면서 빨라진 맥박을 진정시키기 위해서 심호흡을 했다.

'환희의 찬가'가 울렸다. 김이삼 과장이었다.

"선배님, 차현숙이 죽었습니다."

"뭐라고?"

"머리를 둔기로 맞고 칼에 찔렸습니다."

"어디서?"

"차 안에서 죽었습니다."

"차 안? 차는 어디 있는데?"

"폐업한 회사 주차장에 있습니다. 그쪽으로 가십시오. 저도 여기서 출발합니다. 기자들한테 말하면 안 됩니다. 회사 입구에 폴리스라인을 쳤습니다. 얘기해놓을 테니까 여기 도착해서 조용히 들어오세요. 차현숙한테 뭔가 있었던 것이 맞았네요. 우리가 좀 늦었습니다. 아무한테도 얘기하지 마세요. 부탁합니다."

김이삼 과장은 내가 떠들어댈까 봐 겁을 냈다. 차현숙을 체포했더라면 살해되지는 않았을 것이라 생각한 것이다. 하지만 나는 누굴 비난할 겨를이 없었다. 사건의 윤곽이 내 머릿속에서 뚜렷하게 그려졌기 때문이다.

실종 어린이를 해친 범인을 잡는 것은 애초에 불가능하지만, 그와 연관된 제2, 제3의 사건이 발생한다면 범인을 잡을 수도 있다는 생각이 현실이 되는 것이 아닐까? 실종 어린이를 살해한 증거는 확보하지 못해도 이학진 살인, 차현숙 살인의 증거는 어렵지 않게 찾을 수도 있을 것 같았다. 사건의 윤곽만 그릴 수 있다면 말이다. 어쩌면 차현숙이 숨진 현장에서 단서를 확보할 수도 있을 것 같았다.

나는 영상편집실에서 나왔다. 보도국은 조용했다. 기자 몇 명이 앉아있을 뿐 사회부장이나 다른 데스크들은 보이지 않았다. 시계를 보았다. 점심시간임을 알았다.

나는 보도국 밖 복도로 나왔다. 맞은편 엘리베이터 문이 열리고 식사를 하려고 밖으로 나가려는 직원들이 쏟아져 나왔다.

그들 가운데 마녀가 있었다. 마녀는 나를 보자 눈에서 광채를 품었다. 그녀 옆에는 지가영 작가가 있었다. 지가영 작가는 내 눈을 피했다.

나에게 불리한 증언을 하도록 지가영 작가에게 압력을 넣으려는 것일까? 순간적으로 그런 생각이 들었지만 그런 일을 걱정하기에는 시간이 없었다. 마녀가 나에게 무엇인가 말을 하려고 했지만 나는 주차장으로 뛰어갔다. 마녀는 인사위원회 날짜를 애기하는 것 같았다.

의경은 노란색 출입 금지 띠를 위로 들어 올렸다. 나는 그 밑을 통과해서 마당으로 들어갔다.

차현숙의 SUV 차량은 폐자재 더미에 처박혀 있었다. 시경 과학수사대가 출동해서 감식 작업을 하고 있었다.

차현숙은 뒷좌석에 쓰러져 있었다. 어젯밤 나를 만났을 때 입었던 옷차림이었다.

"머리를 둔기로 맞았답니다. 여기서는 잘 안 보입니다. 그리고 목을 칼에 찔렸어요. 범인은 머리를 먼저 때려 기절시키고 칼로 찔러 죽인 거 같습니다. 이학진 살해 방법과 비슷합니다."

"여기서?"

"어디서인지는 조사해봐야 알겠죠. 차현숙을 체포하러 간 팀이 아파트 CCTV를 확인했습니다."

임의동행 운운하던 김이삼 과장은 체포라는 용어를 썼다.

"그랬더니?"

"어젯밤 9시쯤에 이 차가 아파트로 들어가는 것이 정문 CCTV에 찍혔고 10분 뒤에 나오는 것이 또 찍혔습니다. 그러니까 차현숙이 귀가하려고 들어갔는데 주차장 어디쯤에서 살해당한 뒤 이곳으로 옮겨졌거나 아니면 이곳으로 납치되어서 살해당했거나 둘 중 하나같습니다."

"차 안은 수색했어?"

"보시다시피 과학수사팀 형사들이 감식하고 있습니다. 뒤 트렁크 바닥 밑에 조그만 쇼핑백이 있는데 뭔가 들어 있었습니다."

"뭔데? 보여줄 수 있어?"

"잠깐만요."

김이삼 과장은 사진을 찍고 있던 과학수사팀 형사에게 차의 뒷문을 잠시 열어달라고 부탁했다. 문을 열자 바닥에 쇼핑백이 놓여 있었다.

김이삼 과장은 형사에게 쇼핑백 안에 있는 것을 잠시만 꺼내서 보여 달라고 했다. 그 형사는 장갑을 낀 손으로 쇼핑백 안에서 조심스럽게 두툼한 편지 봉투 세 개와 반으로 접힌 A4 용지 두 장을 꺼내 보여주었다.

봉투 안에는 5만 원짜리 지폐가 들어 있었다. A4 용지에는 볼펜으로 지도가 그려져 있었다. 지도 아래에는 굵게 눌러 쓴 정자체의 글씨가 적혀 있었다. 수십 번도 더 본 익숙한 글씨체였다. 나는 핸드폰을 꺼내 문제의 정답을 확인하듯이 한 장씩 촬영했다.

나는 김이삼 과장의 팔을 끌어당겼다. 김이삼 과장은 궁금한 표정이었다.

"뭔가 아시죠?"

"차현숙 씨 피살로 확실해졌어."

"어떻게 된 겁니까?"

"한 가지만 더 확인해보고. M 아파트 땅 지주는 확인해봤어? 누구지?"

"잠깐만요. 이 친구 전화도 없네. 직접 물어볼게요."

김이삼 과장은 핸드폰을 들었다.

"이 형사 땅 지주 아직 확인 못 했나? 뭐? 했다고? 그럼 바로 보고를 해야지. 누군데? 문중 땅이라고? 명의는 누구로 돼 있었는데? 정상욱? 잠시만 기다리게."

김이삼 과장은 핸드폰을 든 채로 나에게 말했다.

"용무산마을 안에 정 씨 집성촌이 있었는데 그 정씨 문중 땅이었다고 하네요. 정상욱이라는 이름으로 등기가 되어 있었고요. 동네, 논밭, 묘지가 있는 선산까지, 보상금을 엄청나게 받았답니다. 문중에서 보상금을 나누었다고 합니다. 됐습니까?"

나는 됐다고 고개를 끄덕였다. 김이삼 과장은 상대에게 수고했다고 말하고 핸드폰을 주머니에 넣었다.

"차현숙 씨는 어젯밤 동촌경찰서에서 진술하고 나오면서 나와 만났어."

"네? 그러니까 저한테 오시기 전에 그 여자를 만났다는 말입니까?"

"그렇지."

"이제 어떻게 하실 겁니까? 무엇을 잘못했습니까? 제가 화내야 합니까? 아니면 도와야 합니까?"

"정인철 형사과장을 만나러 가야겠어."

"정인철 과장님을요?"

"내가 사는 오피스텔 근처에 UN 아파트라고 있는데 거기 정문에서 만나. 나는 내 차로 갈게."

"부자들만 사는 고급 아파트인데, 정인철 과장님이 거기 사십니까? 도대체 뭐가 뭔지 모르겠네요. 뭐라도 나오면 넘겨야 합니다. 아시죠?"

"물론이지. 거기 가서 간단하게 얘기할게. 다만 사실을 확인할 때까지 덤비면 안 되네."

김이삼 형사과장은 고개를 끄덕이면서 미소를 지었다. 합격통지서를 받은 수험생처럼 큰 한숨도 내쉬었다.

VI. 스탠드업

리포트 할 때 자신의 모습을 드러내는 것
자신의 견해를 담고 싶어 한다

20

정인철 과장은 집에 있지 않았다. 아파트 경비원은 그가 조금 전에 밖으로 나갔다고 말했다. 점심 식사 이후 초등학교 운동장을 몇 바퀴 돈다고 한 말이 생각났다. 나는 김이삼 과장 일행과 초등학교로 갔다.

새벽에 본 학교 풍경과는 모든 것이 달랐다. 아이들 몇 명이 뛰어놀고 있었다. 학교 운동장은 생명력이 넘쳤다. 겨울 문턱이지만 한낮의 햇살은 따스했다.

운동장 한쪽 그늘진 나무 의자에 그가 앉아 있었다. 그는 뛰어놀고 있는 아이들을 바라보고 있었다.

유골 발굴 현장 그림에서 본 실루엣, 그의 모습이었다. 영상 속 그의 실루엣은 주민들 뒤에서 고개를 내밀고 반대편에 있는 이학진을 쳐다본 뒤 사라졌다. 그의 큰 키는 숨겼지만, 왼발을 저는 모습을 숨길 수는 없었다. 내가 본 익숙한 움직임이었다.

김이삼 과장과 형사는 정문 옆 나무 의자에 앉았다. 나는 10년 동안 스스로에게 해온 질문의 해답을 구하기 위해서 그에게로 다가갔다.

"왜 여기까지 찾아온 거요?"

"아시잖습니까?"

"저 사람들은 경찰이오?"

"네. 지금 형사과장입니다."

"왜 그들이 직접 오지 않는 거요?"

"저와 과장님한테 약간의 시간을 준 겁니다."

"…."

운동장에서 힘껏 달리는 생명력에 비해 그의 인상은 허물어져 가고 있었다. 다시 일어서는 것은 불가능해 보였다.

"조금 뒤 저 형사들이 과장님을 연행할 겁니다."

"결국 이렇게 되는군."

"네."

"증거는…."

"당연히 차고 넘치죠. 과장님의 존재를 모르면 그만이지만, 피의자로 지목된 이상 조금만 조사해도 쏟아지겠죠. 알리바이, 이 동네 CCTV, 10년 동안 계좌 송금 명세, 정황, 아시잖습니까? 누구도 정 과장님이 피의자라는 사실을 상상하지 못했죠. 하지만 상상하는 순간 애기는 달라집니다. 지금 드러날 증거들은 없앨 수가 없죠."

"증거가 나오기 전에 자수하라는 얘기요?"

"그렇습니다. 과장님이 잘 쓰셨던 말 같은데, 정상참작이라는 게 있잖습니까?"

정인철 과장은 쓴웃음을 지었다.

"그게 다 무어란 말이요. 아무런 의미 없소. 내 인생은 벌써 10년 전에 끝났소. 말해보시오. 어떻게 알았소?"

"정 과장님은 저에게 심각한 거짓말을 하셨습니다."

"어떤 거짓말을 했소?"

"아이들 유골이 발견된 날 저녁 늦게 현장에 오셨습니다. 거기에 이학진 씨도 왔고요. 과장님은 그 사람을 보기도 했습니다. 카메라 기자가 촬영한 그림 안에 과장님이 찍혔죠. 그런데 다음 날 새벽, 이 운동장에서 만났을 때 유골 발견 현장에 가지 않았다고 하셨죠. 다른 거짓말이나 다른 사람이 하는 거짓말과는 의미가 다르죠. 자신의 존재를 숨기려 한 것입니다."

"또 뭐가 있소?"

"오늘 새벽에 만났을 때 제가 차현숙 씨에 관해서 물었습니다. 기억나시죠? 그때 과장님은 제가 묻지도 않은 말씀을 하셨죠. 차현숙 씨가 언제 경찰을 그만두었는지 모른다고."

"그 말이 왜 김 기자의 의심을 샀는지 모르겠군."

"과장님은 차현숙을 가까스로 기억해 냈습니다. 제가 과장님 밑에서 일한 형사였다고 하니까 말이죠."

"그랬소."

"그런데 차현숙 씨가 어떤 경찰이었냐고 물어보니까 과장님은 언제 경찰을 그만두었는지 모른다고 하셨습니다. 가까스로 기억해 낸 차현숙에 대해서 경찰을 그만두었다는 사실은 묻기도 전에 기억하신 거죠."

"차현숙을 기억해내는 것은 힘들었지만 일단 기억해 낸 다음에는 경찰을 그만 둔 사실까지 기억해 낼 수 있는 거 아니오?"

"물론입니다. 하지만 저는 그 대답을 듣고 과장님에 대한 의혹을 품기 시작했습니다. 그리고 회사에 들어가서 자료 그림을 다시 찾아봐야겠다고 생각하고 그 속에서 과장님을 발견한 거죠. 어제까지만 해도 이학진, 차현숙 두 사람만 의심했습니다."

"거짓말이 살해 증거가 되진 않을 것 같소만."

"한 번 의심을 하고 보니까 증거가 자꾸만 눈에 들어오게 되더군요."

나는 핸드폰을 꺼내 사진을 보여주었다. 두 장의 지도였다. 정인철 과장은 핸드폰에 찍힌 지도를 보고 아무 말도 하지 않았다. 그는 그 그림을 알고 있었다.

"두 장의 지도, 정 과장님이 이학진에게 돈과 함께 준 겁니다. 직접 그림을 그리셨죠? 하나는 아이들을 처음 매장했던 정씨 집안 선산의 가족묘지 위치, 하나는 아이들 유골을 옮겨 새로 매장할 그 소나무 아래 웅덩이 위치. 우리가 몇 차례 함께 가본 장소죠.

지도 아래 쓰인 글씨의 필적을 감정할 필요는 없을 겁니다. 과장님이 직접 작성한 메모 보고서에서 수십 번도 더 본 글씨체니까요. 저는 같은 글씨체의 메모들을 지금도 제 개인 파일에 보관하고 있습니다. 과장님한테서 받아 복사한 것들이죠. 기억하시죠? 차장과 서장에게 직접 써서 주었던 메모들 말입니다."

그는 말이 없었다. 고개를 한 번 숙였다가 다시 들었다.

"내가 왜 그 장소에 옮기라고 했는지 후회도 되지만 차라리 잘됐소. 안 그랬으면 김 기자가 영원히 알지 못했을 거 아니오?"

"저도 그게 의문입니다. 아무도 모르는 장소에 옮기지 왜 제가 알고 있는 장소에 유골을 옮겼는지 말입니다. 언제 옮겼습니까?"

"그날이었소. 쌍둥이 자매 집을 파헤친 날이었소."

"그렇군요. 그날 이학진 씨가 포크레인을 가져와서 작업하는 기사만 남겨두고 어디론가 사라졌습니다. 역시 카메라에 찍혔죠. 5년 전이나 최근 보았을 때는 몰랐지만, 나중에 생각해보니 경찰과 언론의 관심이 쌍둥이 집을 파헤치는 데 쏠리고 있을 때 정씨 문중 선산에 묻혀 있는 아이들 유골을 파내서 다른 곳으로 옮겼을지도 모른다는 생각이 들었습니다. 아이들 이빨과 잔뼈는 옮기지 못했지만요."

"그렇군. 옮기자는 건 이학진 생각이었소. 아파트가 들어서면 선산 묘지들을 이장해야 하고 그 과정에서 아이들 유골이 발견될 수 있다고 했소."

"그래서 선산 묘지의 위치를 다시 그려주었군요. 처음 유골을 묻은 장소를 쉽게 찾을 수 있게 말입니다. 그리고 새로 매장할 장소도 그림으로 그려주셨고. 수고비로 돈다발까지 주셨군요."

"돈은 그때만 준 게 아니오. 최근까지도 줬소."

"역시 그랬군요."

"내가 이학진을 죽인 사실은 어떻게 알았소?"

"처음엔 전혀 감을 잡지 못했습니다. 이학진이라는 이름도 기억하지 못했으니까요. 나중에 추측하게 된 거죠. 이학진은 정수리를 맞았습니다. 거구의 정수리를 때릴 정도면 키가 무척 커야 하겠죠. 또 격투는 불가능하니까 먼저 기절시킨 다음에 칼로 살해해야 했고. 그리고 격투하지 않았으니까 아는 사람이고요."

"그건 증거가 되지 않소."

"피의자가 되면 얘기는 달라지죠. 말하지 않았습니까? 정인철 과장님의 존재를 모르면 증거가 있을 수 없죠. 지금은 정인철과 이학진, 차현숙의 관계를 알게 됐잖습니까. 지금 사시는 아파트 CCTV만 보아도 과장님은 알리바이 하나 증명하지 못할 겁니다. 아무하고도 교류하지 않는 분이 살인 사건이 일어나기 전에 아파트를 나서고 일을 저지르고 난 뒤 귀가하셨겠죠. 이학진의 회사로 가는 길목에 있는 CCTV들, 갖고 계신 휴대폰이 증명할 위치들, 그들에게 최근까지 돈을 주셨다면 금융계좌도 있을 테고요."

"그들은 계속 돈을 요구했소. 일 년에 서너 차례 목돈을 줘야 했소. 아이들 유골이 발견됐다는 소식을 듣고 위험해질 수 있다는 생각이 들었소. 그들도 불안해했소. 무슨 일을 저지를 것 같았소. 그런데 그들은 일 처리를 잘하지 못했소. 그래서 제거한 거요."

"그래서 이학진을 폐업한 회사로 유인하셨나요?"

"그렇소. 유골이 발견된 날 이학진을 회사 사무실로 나오라고 했소. 도피 자금을 준비했으니 부부가 함께 외국으로

나가라고 했소. 부동산은 내가 처분해서 보내준다고 했소. 그
렇게 유인해서 죽였지. 나도 죽어 마땅하지만, 그놈이 세 아
이들을 죽였소."

"차현숙은 어떻게 된 겁니까?"

"이학진을 죽인 뒤 매일 저녁 집 근처에서 기다리고 있었
지. 어제 주차장에서 만나 죽이고 폐업한 회사 마당에 처박
아 놓은 거요."

"차현숙은 왜 도망치지 않았습니까? 남편을 죽인 사람이
과장님이란 것을 알았을 거 아닙니까?"

"도망치려고 했소. 조금만 늦었으면 현금을 모아서 도망쳤
을 거요. 그전에 나에게 잡힌 거요."

"머리를 때린 둔기는 어디 있습니까?"

"이학진을 죽이고 버리지 않고 있다가 차현숙을 죽인 뒤
폐자재 속에 던져 버렸어."

"뭐였습니까?"

"작은 해머요."

"피가 묻어 있었을 텐데요?"

"주차장 흙바닥에 피 묻은 부분을 문질러 닦아냈소."

"칼은 어디에 있습니까? 버렸습니까?"

"작기 때문에 몇 번이고 깨끗하게 닦았소. 집 밖 분리수거
함에 버렸소."

"두 사람을 죽이고 왜 도망치지 않았습니까?"

"나 혼자 피하려고 그들을 죽인 건 아니오. 이제 더 이상 피할 수 없어서 그들을 심판한 거요."

"언제부터 그런 생각을 하신 겁니까?"

"아이들이 발견되지 않을 줄 알았소. 영원히 비밀이 지켜질 줄 알았지. 그러다보니 김 기자 말대로 여기저기 증거를 널어놓았소. 유골이 발견되면서 검거되는 것은 시간문제라고 생각했소. 이학진과 차현숙은 혐의를 받기 전에 도주할 수 있었지만, 나는 어차피 갈 곳도, 살 수도 없소. 피하는 건 아무런 의미가 없지. 산다는 것이 지옥이었으니까. 차라리 먼저 지옥에 뛰어들고 싶었소."

정 과장의 심리 상태는 폐인처럼 변해버린 자신의 얼굴보다 더 참혹한 것 같았다. 그가 나에게 물었다.

"차현숙이가 지도를 갖고 있었소?"

"네, 저의 추정입니다만, 차현숙은 사무실 비밀 공간에서 현금과 두 장의 지도를 꺼내 도주하려고 했던 것 같습니다. 큰 지도책 한 권은 그대로 두었고요. 이학진이 주요 지점을 표시했는지 몰랐던 모양입니다."

그는 힘들어했다.

"정상욱 씨는 누굽니까?"

"조카요."

"보상은 많이 받았습니까?"

"천문학적인 액수를 받았소. 내 몫도 어마어마했소. 나는 혼자였기 때문에 돈 쓸 일도 없는데. 집안에서는 내가 공무원으로 있으니까 재개발이 잘되도록 힘을 써달라고 했소. 행정공무원이면 모를까 경찰인데도 나만 바라본 거요. 개입하지 말았어야 했는데."

"이학진은 시행사 일을 했습니까?"

"시행사와 우리 집안 사이를 중개했소. 우리와 같은 지주들한테는 땅을 내놓으라고 했고, 시행사에는 보상금을 많이 내라고 했소. 아파트가 건설될 때는 시공사 하청을 받아 거기서도 돈을 많이 벌었소."

"그 두 사람이 아이들을 왜 죽였습니까?"

"소영이와 인영이, 동구 집에서는 처음에 땅을 내놓으려고 하지 않았소. 시행사와 보상금 협상이 잘 안 되었지. 아시겠지만 그들은 많은 논밭을 가지고 있소. 아이들 부모와 보상금 협상을 한 사람들은 다른 시행사 사람들이었소. 그런데 협상이 안 되고 토지 수용이 안 되니까 다른 지주들과의 협상도 진척되지 않았소."

그는 잠시 말을 중단했다. 침을 삼킨 쉰 목소리가 힘들어하는 것 같았다.

"이학진과 차현숙이 세 어린이 부모들에게 겁을 한 번 주겠다면서 아이들이 놀러 다니던 길목에 있다가 아이들을 잡은 거요. 말 안 들으면 죽이겠다고 협박해서 부모들이 겁을 먹도록 하려고 했던 거요."

그는 괴로워했다. 굳어진 딱정이를 뜯어낸 뒤 그 밑 피부 아래에 들어있는 고름을 짜내듯이 고통스럽게 기억을 조금씩 꺼냈다.

"그런데 예상 외로 아이들이 대들었다고 하더군. 동구에게 주먹을 휘둘렀는데 머리를 맞고 쓰러진 거요. 소영이와 인영이는 도망쳤는데 멀리 가지 못하고 잡혔다고 했소."

정인철 과장은 그 대목에서 무너져버렸다. 머리를 숙인 채 어깨가 지진이 난 것처럼 미세하고 빠르게 흔들렸다.

나는 비로소 아이들한테 생겼던 일을 마치 영상을 재현해서 보는 것처럼 이해할 수 있었다.

그와 나 사이에 무거운 침묵이 흘렀다. 나는 가까스로 우려스럽게 떠오른 가설을 확인했다.

"소영이 때문이군요."

"…."

"그렇죠?"

"이학진의 설명을 듣고 짐작을 했소. 쌍둥이 가운데 한 아이가 가슴을 잡고 주저앉았고 다른 아이는 그 아이를 지키려고 했던 것 같았소. 도망가지 않고서 말이오. 그래서 멀리 가지 못하고 잡힌 것이었소."

"그렇게 된 거군요."

"두 사람이 두 아이를 붙잡아 엉겁결에 목을 졸랐다고 했
소. 이학진이 먼저 인영이를 맡았겠지. 그런 뒤 주저앉아 있
는 소영이 목도 조른 것 같소. 아이들도 놀랐지만 살인자들
도 당황했겠지. 이학진은 마지막으로 아직 숨이 끊어지지 않
은 동구의 머리를, 가지고 있던 연장으로 가격했소."

"아이들에게 겁을 주겠다는 계획을 과장님에게도 말했습니
까?"

"했소."

"그 말을 듣고도 막지 않았습니까?"

"이학진은 농담처럼 몇 차례 이야기했소. 나는 별일 없을
줄 알았소. 전에는 시행하는 친구들이 간혹 깡패들을 동원해
서 지주들에게 겁을 주기도 했었소."

"그런데 가볍게 겁을 준 게 아니고 죽이게 된 거군요."

"이학진이 나에게 전화했소. 실수로 아이들을 죽였다고. 과
장님 지시대로 했다고 고래고래 전화에 소리를 지르더군. 나
도 당황했소. 거기서 중단했어야 했는데…."

그는 고개를 숙이고 팔로 머리를 감쌌다. 어깨가 계속 들
썩거렸다. 한동안 그런 자세로 있다가 손으로 눈을 훔치고
팔을 내린 뒤 다시 얼굴을 들었다.

"1분만 차분히 생각했어도 됐는데. 나에게 내려질 처벌, 집안의 기대, 천문학적인 액수의 보상금이 내 판단을 흐리게 한 거요."

"오히려 그들에게 지시를 했군요."

"그렇소. 나는 장소가 어디냐고 물었소. 작은 못 위쪽이라고 하더군. 그래서 우리 집안의 선산 공동묘지 한구석에 묻고 가묘처럼 해놓으라고 했소. 표시 나지 않게 바로 떼를 덮도록 했소. 이학진은 전문가답게 신속하게 처리했소. 다음 날 차현숙이 사무실로 찾아왔더군. 과장님 지시대로 아이들을 묻었다고."

"그래서 선산 공동묘지는 아이들이 놀러 다니는 장소가 아니라면서 수색을 하지 않은 거군요. 아이들을 죽인 사람이 수사를 지휘했으니."

"나는 죽이지 않았소."

"죽인 것보다 더 못한 짓을 한 거죠."

"알고 있소."

"이학진과 차현숙은 과장님이 엄청난 보상금을 받자 돈을 요구했고요."

"사업 자금을 요구했소. 그들도 재개발 시공에 하청을 받아서 돈을 많이 벌었지만, 욕심이 많았소. 한 번 주기 시작하니까 계속 요구했소. 처음에는 겁이 나서, 다음부터는 귀찮아서, 그리고 습관적으로 주었소."

"현금으로 줬습니까?"

"처음에는 현금으로만 찾아서 주었는데 몇 차례 계속되다 보니까 그냥 계좌로 보내게 됐소. 경계심이 없어졌지. 실종 사건이 영구 미제 사건처럼 되니까 불안해할 필요가 없었소."

"이학진과 차현숙에게 제보하라고 시킨 것도 있죠? 관심을 돌리기 위해서 말입니다."

"시킨 것도 있었고 자신들이 한 것도 있었소. 시간이 흐르니까 책임의 경계가 모호해졌소."

"한센병 환자 정착촌 제보는 차현숙이 했습니까?"

"그렇소."

그는 태연하고 담담하게 말했다. 수사 책임자가 진실을 아는 유일한 존재였다. 진실만 빼고 다 수사한 것이다. 경찰력과 세금이 엉뚱한 곳에서 낭비됐다. 그럴수록 유족들의 고통은 커졌다.

"유족들과 계속 만났잖습니까? 그들이 하루하루 죽어가는 모습을 보지 못했습니까? 쌍둥이 아빠, 엄마가 죽는 걸 보지 못했습니까?"

"지옥에 빨리 가고 싶었소. 쌍둥이 아빠와 엄마가 죽었을 때 자살했어야 했소. 자살을 시도했었소. 못했지. 살아도 산 목숨이 아니었소. 어떨 때는 나도 유족이라고 착각했소."

선악의 경계는 종이 한 장 차이라고도 하지만 그런 것 같지 않다. 잠시의 침묵, 작은 거짓말, 순간적으로 스쳐 가는 이해관계, 이런 것들이 뒤에 가서는 눈덩이처럼 선악을 크게 가른다. 그렇다면 순간의 침묵과 작은 거짓말은 영원한 침묵이자 거대한 거짓말과 마찬가지다. 종이 한 장 차이가 아니라 엄청난 차이가 있는 것이다.

나는 김이삼 형사과장에게 고개를 끄덕였다.

내 차에는 김이삼 과장을 태우고, 같이 온 형사는 정인철 전 형사과장을 태우고 동촌경찰서로 향했다. 내 설명을 들은 김이삼 과장은 일단 자기가 특별수사본부에 먼저 보고할 때까지 기사를 쓰지 말아 달라고 부탁했다.

나는 그렇게 하겠다고 했다. 김이삼 과장은 입이 귀까지 찢어지도록 웃으면서 나에 대한 칭찬을 그치지 않았다. 특별 승진해서 총경이 되면 경찰서장이 되어서도 나를 잘 모시겠다고 했다.

김이삼 과장에게 우리가 보도한 이후에 다른 언론사에 보도 자료를 뿌리라고 했다. 그는 그렇게 하면 다른 언론사들이 경찰을 난타할 거라고 했다. 자기가 저녁 7시에 특별수사본부장에게 보고할 테니 8시 종합 뉴스에 보도해 달라고 했다. 정보는 특별수사본부에서 빼냈다고 거짓말하면 안 되겠냐고 했다.

나는 7시부터 8시 사이에 시간이 많기 때문에 다른 언론사도 알 수 있다고 설명하면서 7시 30분 이후에 특별수사본부에 보고하라고 그에게 말했다. 우리는 알아서 한다고 했다.

나는 동촌경찰서에 김이삼 형사과장을 내려놓았다.
경찰서로 들어가는 정인철 과장의 뒷모습을 바라보며 차를 회사로 돌렸다.

21

사건 팀이 모두 소집됐다. 사건 발생과 범인 검거에 대한 전체적인 개요는 캡이 보도하기로 했다. 정인철 전 형사과장에 대한 수사는 민수가 특별수사본부에 가서 LTE를 연결해 생중계하기로 했다. 오승훈 카메라 기자가 현장에서 LTE를 담당하기로 했다.

특별수사본부에서 수사 정보를 캐낼 수는 없다. 민수가 리포트 할 원고는 내가 써주기로 했다.

지난 10년 동안의 사건일지, 거짓 제보로 인한 해프닝, 경찰 수사의 문제점, 유족 인터뷰와 그동안 유족이 겪었던 고통을 기자들이 한 개씩 맡아서 제작하기로 했다.

다른 언론사와 경찰들이 알아차리지 못하게 최대한 늦은

시간에 촬영을 시작해서 신속하게 제작하기로 했다. 나는 각 리포트에 필요한 내용과 자료 그림, 관련 인터뷰를 찾아서 기자들에게 제공하기로 했다. 그러면서 나는 용무산마을 세 어린이 실종 사건의 또 다른 원인을 리포트로 정리하기로 했다. 재개발과 탐욕을 이야기하지 않을 수가 없었다.

보도국 기자들은 다른 언론사에 물 먹일 기회라고 좋아했다. 나는 자료 그림을 찾으러 영상편집실로 갔다. 리포트를 다른 기자에게 맡기고 싶다는 생각이 들었다. 하지만 사회부장에게 말하면 설명이 복잡해질 것 같아서 그냥 두었다.

8시 종합뉴스 방송 직전까지 보도국은 비상이었다. 리포트가 편집되지 않아 큐시트를 바꾸기도 했다. 고성이 오갔다. 내가 해야 하는 리포트는 뉴스가 시작됐는데도 편집이 끝나지 않았다. 30초 전에야 업로드가 완료돼 간신히 제 순서에 방송했다.

사회부와 편집부, 영상취재부 기자들 대부분은 뉴스가 끝날 때까지 보도국에 있었다. 보도국장도 퇴근하지 않았다. 나도 내 자리에서 뉴스를 다 보았다.

뉴스가 끝나고 모두가 수고했다는 인사를 나누었다. 캡에게 다른 언론사 캡들로부터 전화가 빗발쳤다. 내용을 알려 달라는 것이다. 캡은 우리 보도 내용에 국한해서 내용을 알려줬다.

다음 날 아침에도 민수와 오승훈 기자가 특별수사본부에서 LTE를 연결해 생중계로 수사 속보를 전하기로 했다. 이 기사 역시 내가 써주기로 했다. 아무도 아무에게 아무 정보를 주거나 얻을 수 없을 것이다. 특별수사본부나 동촌경찰서 경찰은 모든 핸드폰을 끄고 전화기를 다 내려놓았을 것이다.

나는 아침 속보 기사를 미리 써서 민수에게 보내고 보도국을 나섰다. 카메라 기자들이 다음날 아침 뉴스를 편집하고 있었다. 아마도 몇 명은 잠을 자지 못할 것이다.

나는 유가족이 뉴스를 보았을지 궁금했다.

박수정 기자도 뉴스를 보았을까?

냉장고에서 캔 맥주를 한 개 꺼내 식탁에 앉았다. 핸드폰으로 다른 방송사 뉴스를 검색했다. 어린이 실종 사건 관련 아이템은 한 꼭지도 없었다. 우리 뉴스를 인용한 기사들이 인터넷을 통해 보도되기 시작했다.

나는 우리 뉴스를 처음부터 다시 보면서 어떤 식으로 속보를 써야 할지 생각했다.

정인철 전 형사과장의 얼굴, 이학진, 차현숙의 얼굴이 뉴스를 도배하다시피 했다. 모두가 전에 촬영한 자료 그림이었다. 이학진의 얼굴 그림은 5년 전 쌍둥이 집을 포크레인으로 파헤칠 때 찍힌 한 컷 외에는 없었다. 그 그림만 되풀이해서 나갔다. 성금 2천만 원을 기부할 때 촬영한 그림은 쓰지 않았다.

실종 당시 세 어린이 사진은 처음 리포트와 내가 한 마지막 리포트에 편집되어 나갔다. 뉴스에 등장한 모든 얼굴 가운데 가장 천진난만했다.

문자가 계속 왔다.

최강미 PD가 뉴스 잘 봤다는 문자를 보냈다. 내일 아침 '시사광장'에 출연해 달라고 요청했다. 나는 꼭 시간에 맞춰서 나가겠다고 답했다.

민수도 아침 속보 기사 잘 받았다는 문자를 보냈다.

오승훈 기자는 특종상을 타면 술을 꼭 사라고 했다. 자신이 많은 비밀을 알고 있다는 사실을 잊지 말라고 했다.

서채민 교수의 문자도 있었다. 법의학 공부를 계속 하라고 당부했다. 내일 점심 때 모시러 가겠다고 했다.

다음날 박희수 신부에게 전화했다.

의정부시청에 제보한 사람이 차현숙이라고 밝혔다. 박 신부는 고맙다고 했다. 뉴스를 보고 진실이 밝혀져서 정착촌 주민들이 기뻐한다고 했다. 하지만 사실을 왜곡한 언론을 더 강하게 성토했다고 했다. 특히 나를 가장 많이 욕했다고 했다. 박 신부는 사건 해결에 내가 노력했다는 이야기를 꼭 전하겠다고 했다.

며칠 뒤 특별수사본부장과 동촌경찰서장, 김이삼 형사과장이 직접 유족을 찾아가서 위로했다는 기사가 단신으로 보도되었다. 김이삼 과장이 유족에게 사건 경위를 설명하는 장면이 뉴스에 나왔다.

김이삼 과장이 나에게 전화해 유족의 동향을 설명했다. 유족은 아이들 생사를 확인했으니 용무산마을을 떠나겠다고 전했다. 유족이 소유한 논밭은 매우 넓다. 건설업자들이 또 몰려들 것이다.

22

또 머칠이 지났다. 회사 식당에서 점심을 먹고 있었다.

'환희의 찬가'가 울렸다. 마녀였다.

"지금 어디 있어?"

"밥 먹고 있습니다. 왜 그러세요?"

"왜 그래? 오늘이 무슨 날인지 몰라? 인사위원회 있는 날이잖아."

"오늘인가요? 몇 시에 합니까?"

"문자 안 봤니? 밥 먹고 양치하고 넥타이 매고 2시까지 중앙 회의실로 와."

"왜 올라가야 하죠? 저 없이 하면 안 됩니까?"

"올라오라면 올라와! 경위서도 안 내고 아무 서류도 안 냈

잖아. 그러니까 말로 설명해야지. 각국 국장님들이 인사위원
이라는 거 알지? 보도국장님은 제척됐고. 안 올라오기만 해
봐. 보도국으로 내려가서 깡그리 뒤집어 놓을 거야."

"알았습니다."

"진작 그렇게 말하지."

넥타이가 없었다. 그냥 갈까 하다가 높은 양반들 무시한다
고 할까 봐 분장실에 가서 한 개 빌렸다. 넥타이가 너무 화
려했다.

오승훈 기자가 넥타이를 들고 있는 내 모습을 보았다.

"선배님, 웬 넥타이. 뭔 일 있어요?"

"인사위원회 참석할 때 넥타이를 꼭 매라고 하네."

"오늘입니까? 이거 정의의 사도가 나타날 때가 됐군. 아무
걱정하지 마세요."

"쓸데없는 짓은 하지 마."

오승훈 기자는 씩 웃으면서 영상편집실로 들어갔다. 나는
무슨 말을 해야 할까 고민하면서 중앙 회의실로 올라갔다.

인사부장은 부를 때까지 밖에서 기다리라고 했다. 10분쯤
뒤에 인사부장이 회의실로 들어오라고 했다. 회의실 안에는
열 명 이상의 인사위원들이 앉아 있었다. 회사에 국장들이
그렇게 많은 줄 몰랐다.

"김환 기자, 혐의에 대해서 진술하세요."

경영국장이 명령하듯이 말했다.

"무슨 혐의 말입니까? 혐의를 구체적으로 직시해 주시기 바랍니다."

"김 기자, 지난번 감찰 때 혐의를 다 애기했잖습니까? 지금 특종 하나 했다고 더 중요한 성추행 혐의를 부정하는 겁니까?"

그때 경영국장의 핸드폰과 내 핸드폰이 동시에 울렸다. 오승훈 기자가 보낸 문자였다. 마녀도, 나도 무심코 문자를 확인했다. 그 문자에는 동영상이 첨부됐다. 마녀도, 나도 뭔지 모르고 손으로 클릭했다. 핸드폰 두 대에서 동시에 소리가 났다.

이런, 구제 불능…. 뭐 이런 저질스런 새이가 다 있어?
퍽!
억!
인사위원회 열리면 그때 보자. 김환 기자. 후후….

마녀는 급하게 핸드폰 소리를 줄이려고 했지만 당황해서 성공하지 못했다. 나는 소리를 줄이지 않았다.

인사위원들 표정이 변했다. 마녀의 목소리를 알아듣지 못하는 사람은 회사에서 한 사람도 없을 것이다. 인사부 여직원 표정이 재미있었다. 웃음을 억지로 참느라고 혼이 반쯤은 나간 것 같았다.

마녀는 뭔가 착오가 있었다면서 인사위원회를 정회하고 사장에게 별도로 보고하겠다고 했다.

나는 중앙 회의실을 나왔다. 밖에는 지가영 작가가 대기하고 있었다. 그녀는 나를 보고 벌떡 일어섰다. 역시나 투피스 정장을 입고 있었다. 나에 대해 불리한 증언을 하기로 했는지, 사실대로 말하려고 했는지 궁금했지만, 그 어느 것도 의미 없다고 생각했다.

"어머, 인사위원회 끝났나요?"

"시작도 하지 않았습니다."

나는 그녀에게 인사를 하고 보도국으로 내려왔다. 영상편집실로 들어갔다. 오승훈 기자가 리포트를 편집하고 있었다.

"장난치지 말라고 했지. 경영국장 졸도하는 줄 알았다. 어떻게 감당할래?"

"저는 선배와 다릅니다."

"자식이! 하여튼 조심해라. 오늘 저녁 맛있는 거 먹자."

"콜!"

나는 오승훈 기자의 어깨를 툭 치고 옆방으로 들어가 문을 닫았다.

에디우스를 켰다. 세 어린이 실종 사건에 관한 보도 특집을 준비해야 했다. 자료 그림 폴더를 열었다. 최근 용무산 전 망대에서 드론을 날려 촬영한 그림을 플레이했다. 드론이 높이 올라갈수록 아파트 단지에 둘러싸인 용무산의 모습이 작아졌다. 아이들 집이 있는 곳까지 재개발 되면 용무산은 숨도 쉴 수 없을 것이다.

피곤했다.

지난 10년 동안 쌓인 피로가 한꺼번에 몰려오는 것 같았다. 나는 앉은 채 잠이 들었다.

문자 알림 소리에 잠이 깼다. 민수였다. 사건 팀 대화방이 아닌 개인적인 문자였다. 나는 민수가 보내준 문자를 몇 번이고 되풀이해서 읽었다.

피의자가 자신의 재산 절반을 유족에게 주기로 했습니다.

절반은 어린이 시설에 기부하기로 했고요.

유족은 아이들 추모비를 세운답니다.

나는 민수에게 전화를 했다. 민수의 목소리가 나왔다.

"추모비는 어디에 세운다는 거야?"

"유골 발굴 현장이래요."

"결국 그렇게 하기로 했군. 민수야, 경찰이 증거 확보는 다

한 거야? 흉기는 찾았어?"

"네, 해머는 폐자재 더미에서 찾았어요. 흙바닥에 문질렀어도 두 사람의 피가 조금씩 묻어 있었어요. 칼은 정 과장 아파트 분리수거함에서 찾아냈어요. 피는 묻어 있지 않았어요. 두 개의 흉기에서 지문은 없었고요."

"차현숙 차에서 지문 나온 거는 없어?"

"네, 운전대에서도 안 나왔대요. 차현숙 소지품에서도 없었고요."

"알리바이는?"

"아파트 앞 CCTV에 정인철 과장이 나가고 들어간 시간과 이학진, 차현숙 두 명의 피살 시간이 서로 일치해요. 그리고 다른 동선에서 찍힌 CCTV도 여러 개 나왔어요."

"이학진, 차현숙 집에서는 증거가 없었나?"

"세 어린이 관련 증거물은 없었어요. 차현숙이 침대 위에 열어놓은 여행 가방 안에 달러하고 통장, 여권이 있었어요. 이학진 통장은 놔두고 자기 통장만 챙겼답니다."

"거래 내역은 나왔어?"

"네, 4년 전부터 정인철 과장으로부터 송금 받기 시작했답니다. 특별수사본부가 해체된 이후부터 계좌 송금을 한 거예요. 그전까지는 현금을 주고받았대요. 정인철 과장 계좌에서도 확인됐다고 해요. 다 합하면 액수가 어마어마해요. 최소

이십 억 원은 넘을 거로 추산하고 있어요."

"그래? 음, 그리고 오늘 범행 재현 현장 간다고 했지?"

"네, 리포트 잡혔어요."

"정인철 과장 상태는 어떻다고 해?"

"좋지 않은가 봐요. 밤에 잠을 못 잔답니다. 환각 증세 같은 걸 보인데요. 식사량도 얼마 안 되고요. 심각한 병이 있다고 해요."

"무슨 병이래?"

"경찰이 얘기해주지 않아요."

"알았다. 수고해라."

전화를 끊으려고 하자 민수가 급하게 말했다.

"부장님, 한 가지 특이한 점이 있어요."

"뭐가?"

"정 과장 아파트에 세 어린이 실종 사건 자료가 많았다고 해요."

"그렇겠지. 수사 책임자이면서 범인이었으니까."

"그렇죠? 근데 모든 자료를 상자에 넣고 작은 창고 같은 곳에 쌓아놓았는데 노트 한 권은 꺼내놓았대요. 자신의 책상 위에 두었답니다."

그 노트가 무엇인지 짐작할 수 있을 것 같았다.

"노트?"

"네, 매일 읽었는지 표지와 안의 종이가 헐었답니다. 쌍둥이 가운데 한 아이의 일기였대요."

나는 핸드폰을 내려놓았다. 모니터 화면에 멈춰 있는 작은 섬 같은 용무산을 내려다보며 자리에서 일어났다.

을씨년스러운 날씨였다. 거리의 쓰레기가 바람에 날렸다. 마트 앞에 세워진 플라스틱 홍보 안내판이 쓰러졌다.

거센 바람 속에서도 활짝 웃는 두 명의 아이 얼굴 사진이 유리문 표면을 예쁘게 장식했다. 아이들의 귀여운 표정은 이곳이 마을 공동육아교실이라는 것을 알려주고 있었다. 협동조합 조합원들이 생산자 활동을 하면서 이왕이면 자신의 아이들을 직접 돌보자는 취지에서 만든 육아 겸 방과 후 교실이라고 했다. 나는 아이들이 웃는 얼굴을 한참 바라보다가 유리문을 밀고 들어갔다.

교실 내부는 밖에서 먼지바람이 아무리 거세게 불어도 그런 세상은 모르겠다는 듯 편안하고 따뜻한 분위기였다.

두 살 정도로 보이는 아기와 아기를 안은 삼십 대 여성이 나를 보고 웃으며 밖으로 나갔다. 두 사람이 귀엽고 예뻐서 나는 한동안 정신이 나갈 정도였다. 심장이 두근거리며 빈맥 증상까지 나타났다. 나하고는 어울리지 않는 장소 같았다.

복도가 가운데 있었고 복도 양 옆으로 투명하게 칸막이를 설치한 넓은 방이 있었다. 왼쪽 방에는 두세 살 되어 보이는 아기들이 뛰어놀고 있었다. 작은 미끄럼틀과 놀이 기구가 있는 축소판 놀이터가 아기들에게는 넓어 보였다. 두 명의 선생님이 아기들과 깔깔거리며 놀고 있었다. 이곳 선생님들은 모두 이곳에 있는 아이들의 부모다.

오른쪽 방에는 한쪽에서 서너 살 되어 보이는 아이들이 선생님과 함께 하나의 큰 종이 위에 그림을 그리고 있었다.

다른 한쪽에는 초등학생으로 보이는 아이 두 명이 선생님과 이야기를 나누고 있었다. 책상 위에는 책이 펼쳐져 있었다. 아이들은 손짓을 하면서 무언가 설명하고 있었고 선생님은 고개를 끄덕이며 아이들 이야기를 조용히 듣고 있었다.

박수정 기자는 항상 나보다 성숙했다. 내 말을 조용히 듣고 자신의 생각을 얘기하곤 했다. 다른 생각을 스펀지처럼 흡수하며 상대를 편안하게 만들었다. 아이들을 앞에 둔 지금도 그랬다.

박 기자가 처음이자 마지막으로 화를 낸 것이 쌍둥이 집 앞 생중계 때였다. 박 기자 말대로 생중계만 하지 않았어도 나는 그동안 기억을 왜곡하며 살지는 않았을 것이다.

모든 것이 엉망이 되어 버렸다.

지금은 박 기자 눈을 똑바로 쳐다볼 수 있을지 모른다. 하지만 아직도 나 자신은 똑바로 바라볼 수가 없었다. 나의 내면 깊숙한 곳에는 쌍둥이 부모의 충혈된 눈이 자리 잡고 있다. 내가 나를 바라보는 순간마다 그들의 눈이 나와 마주친다. 정인철 과장은 자신의 영혼이 지옥에 던져져 불구덩이 속에서 고통 받는 것이 차라리 나을 것이라고 했다.

유리창을 두드리려다가 멈췄다. 문을 열고 들어갈 수도 없었다. 용기를 내어 불쑥 찾아왔지만 유리창 밖의 내 모습이 어떻게 비춰질까 두려웠다.

나는 발걸음을 돌렸다. 사건이 해결되면 새로운 기억으로 과거의 기억을 대체할 수 있을 줄 알았다. 새롭게 편집해 덮어쓰기 하듯이 말이다.

착각이었다.

기억은 대체할 수 있는 것이 아니다.

박수정 기자처럼 애초에 부끄러운 기억을 만들지 말았어야 했다. 박 기자의 편안한 표정을 보고서야 새삼 깨닫게 됐다. 방송사에 남아 있었다면 승승장구했을 거라고 모두가 생각했지만 박 기자에게 그런 종류의 희망은 별 의미가 없었다.

나는 유리문을 열고 밖으로 나왔다. 다시 거센 먼지바람이 내 얼굴을 때렸다. 어디로 가야 하는지 생각이 나지 않았다. 나는 무작정 걷기 시작했다.

"선배!"

오랜만에 듣는 목소리가 뒤에서 나를 불렀다. 나는 그 자리에 멈춰 섰다. 목소리가 더 커졌다.

"김환 선배!"

나는 천천히 몸을 돌렸다.

박수정 기자가 귀여운 두 아이 사진 앞에서 놀란 표정으로 활짝 웃으며 나에게 빠른 걸음으로 다가오고 있었다.

얼굴을 콕콕 찌르는 찬바람을 물리치려는 듯 내 심장이 열을 내며 빨라졌다. 뺨이 화끈거렸다. 맥박이 다시 정상으로 돌아가면 그때부터는 새 출발을 할 수 있을지도 모른다는 생각이 불현듯 스쳤다.

에필로그

추모식

김이삼 형사과장의 전화를 받고 망설였다. 유가족과 마주
칠 자신이 없었다. 김 과장은 조용히 가서 멀리 떨어져 지켜
본 뒤 일행이 떠나면 그때 내려가라고 했다. 경찰도 극히 일
부만 참석해 애도만 표시할 거라면서 기자들에게는 알리지
않았다고 했다.

그래도 나는 주저했다. 하지만 시간이 되자 두고두고 후회
할지 모른다는 생각이 들어서 용무산마을 쪽으로 차를 몰았
다. 현장을 다시 보고 싶기도 했다.

유가족과 경찰이 올라간 뒤 10분을 기다렸다가 일행을 뒤
따라 올라갔다. 그들과 마주치지 않기 위해서였다. 김 과장의

말대로 멀리서 지켜보고 있다가 추모식이 끝나고 유가족 일행이 산을 내려가면 그 뒤에 천천히 내려오기로 했다.

오랜만에 올라가는 산길이었다. 현장은 어떻게 변했을까?
나는 유골이 발견된 웅덩이를 멀리 돌아서 어느 정도 거리를 두고 위에서 추모식장을 내려다보는 곳에 자리를 잡았다.

현장은 변한 것이 없었다. 출입을 금지한 노란색 띠와 흙속에서 밖으로 드러났던 아이들 머리와 팔, 다리를 제외하면 현장은 숲속 본래 모습을 그대로 보여주고 있었다.

김이삼 과장의 말대로 추모식은 조촐하게 치러지고 있었다. 현수막과 꽃 같은 장식이나 연단, 마이크, 사회자, 사진이나 동영상을 촬영하는 경찰 홍보실 직원은 보이지 않았다. 유족 일행은 아이들 유골이 발견된 웅덩이를 옆에 두고 그 아래 추모탑이 세워질 장소를 향해 자연스럽게 서 있었다.

시경차장과 동촌경찰서장, 사복을 입은 형사 몇 명이 유족과 조금 떨어져서 그들을 지켜보기만 했다. 김이삼 과장의 모습은 보이지 않았다. 나는 주변을 둘러보았다. 예닐곱 명의 형사들이 나처럼 유족 일행과 멀리 떨어진 뒤편에서 그들을 내려다보고 있었다. 김이삼 과장의 모습은 거기에 있었다.

조용한 겨울 숲이라서 그런지 유족 일행의 모습과 말소리는 내가 서 있는 위치에서도 잘 보였고 또렷하게 들렸다. 나소영과 나인영 쌍둥이 자매 할머니와 유동구 엄마, 아빠의 뒷모습도 쉽게 알아볼 수 있었다. 친척들로 보이는 사람 몇 명이 유가족을 둘러싸고 있었다. 그들 가운데 중년 여성 한 명은 할머니의 어깨를 감쌌다. 할머니는 어깨를 들썩거리고 있었다.

그들 일행보다 한 발 앞으로 나가 있던 머리 긴 젊은 여성이 무엇인가를 읽기 시작했다.

모두가 귀를 기울였다.

그곳에서 울지 말아요.

할머니. 그리고 동구 엄마. 아빠.

우린 여기에 있어요.

산등성이를 바라보세요.

따스한 빛 되어 뛰어놀고 있잖아요.

슬퍼하지 말아요.

우린 이곳에 있어요.

아침엔 구름 되어 보고 있어요.

작은 꽃잎 이슬 먹는 것을.

밤에는 바람 되어 보고 있어요.
작은 나뭇가지 스쳐 지나가면서.

이곳엔 비밀이 있어요.
머리를 들어 우리를 봐요.

풀잎에 이슬 떨어질 때 살짝 들여다봐요.
작은 가지 흔들릴 때 잠깐 귀 기울여 봐요.
우리의 웃음소리가 들리지 않나요.

그러니 우리 위해 울지 말아요.
기도하지 말아요.
우린 항상 여기에 있어요.
우린 항상 곁에 있어요.

할머니, 동구 엄마, 아빠에게
인영이가

추모사를 읽은 긴 머리의 여성은 한 발 뒷걸음으로 일행
안으로 들어갔다.
그녀 옆에 서있던 여성과 남성은 부모 같았다. 그들은 딸

을 가볍게 안았다.

동구 엄마가 그녀에게 다가와 등을 두드렸다. 정지된 한 폭의 그림처럼 한동안 그들은 그렇게 있었다.

10년 전 장난 편지를 써서 아파트 화단에 떨어트렸던 3학년 어린 아이는 스무 살이 되었을 것이다.

그때 그 아이는 장난으로 편지를 쓴 것이 아닐지도 모른다. 희망을 버리지 말라며 구원을 요청했을 수도 있다. 하지만 지금은 그 자신도 막연하게 품었던 희망을 잃었다.

유가족 일행은 세 어린이가 묻혀있던 작은 계곡 옆으로 다가섰다. 그들은 웅덩이를 말없이 내려다보았다. 그 뒤에 경찰들이 두 손을 모으고 섰다.

스무 살 여성이 세 어린이에게 고개를 숙이며 마지막 인사를 했다. 경찰들은 경례를 했다. 유가족들도 작별을 고했다. 쌍둥이 할머니는 고개를 들고 산등성이를 올려다보았다. 나는 할머니와 눈을 마주칠까봐 고개를 숙이고 등을 돌렸다.

다시 고개를 들고 그들을 보았을 때 유가족 일행은 산길을 내려가고 있었다.

나는 큰 소나무 옆 긴 바위 의자로 내려와 앉았다. 10년 만에 앉아보는 의자였다.

김이삼 형사과장 일행도 오솔길을 타고 내려왔다. 그들은 아이들이 묻혔던 웅덩이를 사이에 두고 나의 반대편 쪽으로 다가왔다. 그들 가운데 키가 유난히 큰 한 명이 다리를 절뚝거렸다. 그들이 멈춰 섰다.

정인철 과장은 큰 방한복으로 자신의 야윈 몸을 가리고 있었다. 덮어쓴 모자는 그의 입만을 내놓은 채 얼굴을 가렸다. 옷 속으로 수갑을 차서 그런지 양쪽 소매는 힘없이 늘어졌다. 그의 입술은 굳게 닫혀 있었다.

마른 나뭇가지에 남아 있던 잎새가 미세한 바람에 흔들리며 소나무 가지 사이로 떨어져 세 어린이 자리 위에 앉았다.

김이삼 과장이 그의 등을 밀었다. 좀처럼 움직이지 않던 그의 두 다리는 엇박자를 내며 불안하게 바닥을 딛기 시작했다. 김이삼 과장이 나에게 눈길을 한 번 주고는 그의 등을 팔로 감싸면서 밀었다. 정인철 과장은 한 발 한 발 무거운 걸음으로 산길을 내려가기 시작했다.

오직 그만이 용무산에서 잠든 세 어린이와 영원히 작별하지 못할 것 같았다.

추천사

김재희

추리소설가

한국추리문학을 읽는 쾌감이 있다! 부정확한 이미지, 편집된 이미지에 현혹되지 말고 독자들이 스스로 팩트를 모아서 스트레이트 큐시트를 완성하라! 이 작품의 메시지는 바로 이것이다.

『기억의 저편』은 작가가 기자로서의 경력과 필력을 두말할 것 없이 보여준다. 첫 문장에서부터 사정없이 독자들의 뒷목을 붙잡고 사건 현장을 고스란히 보여준다. 곧장 현장으로 김환 기자를 따라서 취재 전투 속으로 끌려들어간다.

참으로 신기하다. 읽는 내내 실제 야전 현장인 듯 깊은 체

화를 느낀 진기한 경험이었다. 기자들, 시경 캡, 형사들, 법의
학자, 범죄심리학 교수에 이르기까지 인물들이 각자의 집념
과 열정과 수사 실력을 소설에서 여지없이 보여준다.

각자 예리한 이빨을 속내에 감춘 채 끝까지 범인이 누구인
지 동기가 무엇인지 미궁으로 빠진다. 거기다 방송사 기자들
의 생생한 신박한 캐릭터는 무척 흥미롭다. 읽는 내내 여자
와 남자 기자들의 취재 모습을 선연히 들여다볼 수 있다.

추리에 승부수를 건 현직 취재기자의 엄청난 필력으로, 한
국추리문단에 묵직하게 쏘아올린 투포환은 포물선을 그리면
서 엄청난 장쾌함과 사회적 메시지를 준다.

작가로서의 사건을 바라보는 따뜻한 시선은 첫 문단과 끝
문단에 들어있다. 이제부터 기자가 아닌 작가로 선다는 걸
보여준다. 추리를 정공법으로 도전한 작품에 열렬한 지지와
찬사를 보낸다.

추천사

백휴

추리소설작가, 평론가

서사의 힘이 있다. 한 번 잡으면 좀처럼 놓기 어렵다.

사실적 개연성, 거미줄 같은 연결 고리, 경험이 농축된 현실 인식이 저 아래에 깊이 깔려 있다. 그 위에서 죽어도 잊을 수 없는 사건을 전개시킨다. 기억과 관념을 성찰하는 작가의 내면세계를 들여다보고 싶어진다.

추천사

한이
한국추리작가협회 회장

오랜 시간 기자의 눈으로 삶을 주시해온 작가가 내놓은 인간 욕망의 보고서.

이해관계라는 말로 덧씌운 작은 거짓말과 침묵이 시간의 물결을 타고 얼마나 거대한 죄로 되돌아오는지 섬뜩하게 그리고 있다.

신인이라고는 믿을 수 없는 필력과 담담하게 그려낸 악의 실체가 앞으로 그의 행보에 촉각을 곤두세우게 한다.

작가의 말

  방송에서 활용하는 그림(영상) 가운데는 '자료 그림'이란 것이 있습니다. 뉴스나 교양 프로그램을 제작할 때 촬영한 그림, 제보 받거나 제공 받은 그림입니다.

  편집을 할 때 오늘 촬영한 그림을 사용하는 경우가 많지만, 전에 촬영해서 보관해둔 자료 그림을 활용할 때도 많습니다. 자료 그림은 메모리에 저장해놓고 필요할 때 꺼내 활용합니다.

  우리는 보고, 듣고, 냄새 맡고, 먹고, 접촉해서 얻은 이미지(idea)를 머릿속에 저장합니다. 어떤 경우에는 내가 상상한 이미지나 타인이 만든 이미지도 저장합니다. 저장해서 단기간 동안 보관한 이미지는 시간이 흐르면 장기 저장 이미지가 됩니다.

이 이미지를 재생하는 것이 기억이겠죠.

저장한 이미지 가운데 어떤 것들은 망각되기도 하고 어떤 것들은 휴지통에 넣어 삭제도 합니다. 부끄러운 기억 이미지들이 그렇습니다. 하지만 지울 수 없는 이미지가 있고 원하지 않아도 정확히 기억나는 이미지도 있습니다.

어떤 사건이든 그것을 직접 경험한 사람은 그 사건과 관련된 이미지를 가장 정확하게 기억할 수 있습니다. 재생된 이미지의 정확도가 높으면 그 이미지는 강렬한 인상을 통해서 얻은 게 틀림없습니다.

사건의 피해자가 그런 것 같습니다. 살아있다면 피해자는 가장 정확한 기억을 할 수 있습니다. 다음은 가해자겠죠. 예를 들어 살인 사건이라면 가해자의 기억이 가장 정확할 겁니다.

반면 제3자의 기억은 정확하지 않습니다. 사건에서 멀리 떨어질수록 인상도 약하기 때문에 기억을 하더라도 불러낸 이미지가 불완전합니다. 강 건너 불을 구경한 사람은 그 불로 피해를 입거나 불을 지른 사람보다 정확하게 기억할 수 없겠죠.

구경꾼은 불완전한 기억 이미지를 주관적으로 편집하고, 그렇게 편집한 이미지를 유통하면서 먼 거리에 위치한 특권을 누리려고도 합니다. 때로는 자신의 편집을 '견해'라는 이름을 붙여 주장하기까지 합니다.

사건의 성격에 따라 구경꾼의 편집 능력은 더욱 커지고 편집 방법은 더 주관적입니다. 편집 방법을 놓고 동지와 적을 구분하려고 하거나 자신의 편집이 옳다고 투쟁하기도 합니다.

기자는 제3자입니다.

정확한 이미지를 세상에 전달하려고 아무리 노력해도 피해자나 가해자가 가지고 있는 이미지에 비하면 정확도가 떨어집니다.

그것을 알기 때문에 가해자나 피해자, 관계자로부터 팩트를 최대한 수집하려고 합니다. 경찰, 검찰, 변호사, 판사는 어떤 기억이 정확한 기억인지 판단해야 하지만 이들 역시 제3자입니다. 그래서 피해자나 가해자가 기억하는 이미지 가운데 정확한 이미지를 끌어내 진실을 규명하려고 합니다.

그런데 이것이 어려울 때가 있습니다.

정확하지 않은 기억 이미지, 의도적으로 편집한 이미지들을 제거해야 하지만 의지가 만들어낸 이미지와 사실 이미지를 혼동하는 경우가 많습니다. 영상을 편집할 때 편집자가 초점이 흐리거나 주제와 관련이 없는 그림인데도 불구하고 자기 마음에 든다고 활용하는 것처럼 말입니다.

사실 규명이나 사실 전달을 주업으로 하는 직업군은 매우 많습니다. 그들의 세계에서 주관적인 판단이 사실 규명에 얼마나 방해가 되고 있는지, 의지와 욕망, 어떤 경우는 믿음이라는 것도 사실을 얼마나 왜곡할 수 있는지, 그 비밀들을 말하고 싶습니다.

　마음에만 있었던 추리소설 쓰기를 실제로 해보라며 지속적으로 권유해 온 김재희 작가님께 고마움을 전합니다. 그의 권유와 노하우로 김환 기자를 등장시킨 첫 소설은 저에게 <계간 미스터리> 신인상을 안겨주었고, 두 번째 소설은 한국추리문학상 황금펜상 후보에까지 올려놓았습니다. 그리고 세 번째 장편소설은 이렇게 단행본으로 출간되었습니다.

　신인의 작품을 선뜻 출판하겠다고 나선 몽실북스 주연지 대표님과 책이 나오기까지 함께 고심하며 신선한 아이디어를 제공해준 박영심 에디터님께도 감사드립니다. 가끔 탁월한 선택을 해서 크게 성공하는 경우가 있다고 하는데 몽실북스가 그런 경험을 하면 좋겠습니다.
　추리소설을 쓰는 저를 신기한 눈으로 바라보면서 무조건 지지해준 친구들, 의심 반 믿음 반의 눈으로 저를 관리해준 가족에게 면목이 선 것도 같습니다.

오래 전입니다. 어린 시절 함께 공부하고 토론하면서도 추리소설 얘기로만 둘만의 시간을 나눈 후배가 있었습니다. 그가 저에게 선물한 추리소설들은 지금도 소중하게 보관하고 있습니다. 살아있다면 저의 소설이 단행본으로 나왔다는 사실만으로도 펄쩍 펄쩍 뛰며 난리가 난 것처럼 기뻐할 겁니다.

함께라면 기쁨의 순간을 만끽할 텐데 어긋난 시간을 살게 되어서 너무나 아쉽습니다. 그와의 추억을 생각하며 <기억의 저편>을 전합니다.

2021년 5월
김세화

기억의 저편

1판 1쇄 인쇄 2021년 06월 3일
1판 1쇄 발행 2021년 06월 10일

지은이 · 김세화
발행인 · 주연지

편집인 · 석창진 **편집** · 박영심
디자인 · 김지영 **일러스트** · 백진연 이찬영
마케팅 · 허은정

펴낸곳 · 몽실북스 **출판등록** · 2015년 5월 20일(제2015 - 000025호)
주소 · 서울 관악구 난향7길52
전화 · 02-592-8969 **팩스** · 02-6008-8970
이메일 · mongsilbooks@naver.com
네이버 포스트 · post.naver.com/mongsilbooks_kr
인스타그램 · instagram.com/mongsilbooks

ISBN 979-11-89178-41-3(03810)

몽실북스에서는 작가님들의 원고를 기다리고 있습니다. 자신만의 이야기를 책으로 만들고 싶다 하시면 언제든지 mongsilbooks@naver.com으로 연락처와 함께 기획안을 보내주세요. 몽실 몽실하게 기대하며 기다리겠습니다.